AF144379

Karin Kirwa

Die Sache mit dem Dackel

Buch

Haben Sie schon einmal einem Dackel ein Zäpfchen gegeben? Oder waren Sie auf der Suche nach dem kleinen Wort Danke?

Sicherlich mussten Sie auch noch nicht mit zwei Katzen auf einem öffentlichen Parkplatz übernachten und haben dabei wegen Platzmangels die vollen Koffer ins Freie gestellt.

Hier können Sie nachlesen, was so alles im Leben passieren kann – denn es ist tatsächlich passiert!

Eines dürfte auf jeden Fall garantiert sein: höchst vergnügliche – oder eben auch nachdenkliche Lesestunden.

Autorin

Geboren in Berlin hat Karin Kirwa ihren typischen Humor über viele nicht ganz einfache Jahre hinweg unverdrossen bewahrt. Die Autorin lebt an der Ostsee.

Erfolg als Schriftstellerin hatte sie bereits mit ihren humorvollen und spannenden Kindergeschichten von Bommel, dem kleinen Teddybär, die ebenfalls bei Books on Demand GmbH erschienen sind.

Karin Kirwa

Die Sache mit dem Dackel

Heiteres und Besinnliches aus
dem Leben der Karin K.

für Heidi + Lothar

~ 4 ~

Besuchen Sie mich im Internet:

www.bommel-und-mehr.de

Herstellung und Verlag:

BoD - Books on Demand, Norderstedt

ISBN 978-3-73227835-0

MIX
Papier aus verantwortungsvollen Quellen
Paper from responsible sources
FSC® C105338
FSC
www.fsc.org

Die Sache mit der Zigarette

Manchmal ärgere ich mich ...

... und manchmal ärgere ich mich etwas mehr. Und das hat dann Folgen.

Vor so gefühlten hundert Jahren fuhr ich nichts ahnend hinter einem großen, roten BMW her, als sich plötzlich ein Arm aus dem Seitenfenster desselben streckte und eine glühende Zigarette hinausgeschnippt wurde. Das alleine gehört ja schon in die Rubrik 'Hirnlose Umweltverschmutzung', aber dieses glühende Ding landete obendrein unverzüglich auf meiner Motorhaube, und das entflammte mich nun wiederum außerordentlich.

Der rote Flitzer bog zügig in die Richtung ab, in die ich auch musste. Also hängte ich mich hinter ihn. Es kristallisierte sich heraus, dass wir offenbar dasselbe Ziel hatten, nämlich das Dorf, in dem ich wohne.

Wenn man ein derart flottes Auto fährt, gelten selbstverständlich die innerörtlichen 50 km/h nicht, aber das war mir in dem Fall egal. Die Straßen waren so gut wie leer - und bei mir gab es ebenfalls einige PS unter der Haube, die mich tatkräftig unterstützten. Unsere Fahrt endete abrupt vor der örtlichen Bank. Aus dem Auto schälte sich eine reichlich aufgedonnerte Frau, die mich verdutzt anschaute, als ich direkt hinter ihr parkte und ebenfalls ausstieg.

Auch in solchen Momenten möchte man ja nicht unhöflich sein, also empfahl ich ihr nur äußerst freundlich, wenn ihr Auto keinen Aschenbecher hätte, möge sie sich doch bitte einen anderen, dementsprechend ausgestatteten Wagen kaufen. Sprach's, stieg wieder ein, genoss noch kurz, jedoch sehr zufrieden, die Schnappatmung der BMW-Fahrerin und fuhr nach Hause. Möglicherweise war die Aktion ja etwas kleinkariert von mir, aber sie tat mir gut.

Die Sache mit dem Freund

Wir wussten beide, dass es zu Ende geht. Es hatte sich schon vor ein paar Tagen angekündigt. Dabei hatten wir doch so eine schöne Zeit miteinander. Warum muss alles Schöne - meist viel zu schnell - zu Ende gehen?

Ganz fest hielt ich dich in meinen Händen, wollte dich nicht loslassen und wusste doch, es muss sein, ich muss dich gehen lassen.

Jeden Abend sind wir zusammen ins Bett gegangen. Du hast mich getröstet, wenn ich traurig war. Hast mich abgelenkt, wenn mich die trüben Gedanken wieder zu sehr im Griff hatten. Völlig selbstlos warst du stets da, wenn ich dich gebraucht habe. Immer wieder hast du es geschafft, mich aufzumuntern.

Und jetzt soll das Ende kommen? Ich kann es nicht fassen, bin unendlich traurig, muss dich aber gehen lassen. Man kann nichts festhalten im Leben. Dabei waren gerade unsere letzten Tage so schön und aufregend. Vergessen werde ich dich nie, das verspreche ich dir hoch und heilig.

Und nun ist er da, der Augenblick, den ich so gefürchtet habe. Entschlossen blättere ich um und lese das letzte Kapitel.

Leb wohl mein lieber Freund. Es war so schön mit dir.

Die Sache mit dem Älterwerden

Gedanken, die sich manchmal nicht aufhalten lassen.

Es ist keine Frage, wir werden alle älter. Man merkt es an den kleinen Dingen, und es geht schleichend. Wir sind nicht heute jung und plötzlich morgen alt, sondern so langsam, langsam geht da etwas vonstatten, was wir gerne aufhalten würden, es aber nicht können. Da sind wir alle gleich. Ab dem Tag der Geburt … werden wir logischerweise älter. Nun steht man ja normalerweise morgens nicht auf, schaut in den Spiegel und sagt sich: Huch, jetzt bin ich schon wieder einen Tag älter. An Geburtstagen ist das manchmal der Fall und auch erlaubt, aber zu dem Zeitpunkt ist dann schließlich jeweils ein ganzes Jahr vergangen. Die Fältchen sieht man meist nur, wenn man ganz nah an den Spiegel rückt. Doch wer tut das schon, wenn er gerade frisch aus den Federn gerollt ist? Und später am Tag hat man keine Zeit mehr für solche Überprüfungen.

Aber irgendwann und dann nahezu blitzartig kann man es nicht mehr ignorieren, dass das Alter voranschreitet (vor allem vorangeschritten ist), da nützt die rosaroteste Brille nichts.

Bei mir ist diese Alters-Erkenntnis nun schon häufiger genau in dem Moment ausgebrochen, in dem ich den Nachbarn im Galopp die Treppe runterrennen höre. Da knistert es vernehmbar in meinem Oberstübchen. Früher legte ich auf Treppen dasselbe Tempo vor. Sollte ich das vielleicht heute noch einmal probieren? Neeeeee, besser nicht, weil ich nicht so recht weiß, wie ich dann letztlich unten ankomme. Also bewege ich mich lieber behutsam die Stufen abwärts, halt so, wie es für eine ältere Dame definitiv gesünder ist. Allerdings muss ich wieder einmal feststellen, dass das Alter seine Tücken überraschend bereithält, denn neulich funktionierte der Treppensprint noch einwandfrei. Oder ist das doch etwas länger her, eventuell sogar ein paar Jahre???

Egal, heute lasse ich es besser beim geruhsamen Hinabsteigen, aber schön wäre so ein jugendlich rasantes Runtertoben schon, gelle.

Na, und älter bin ich eh nur von außen, von innen bin ich nach wie vor jung und quietschfidel, jawohl.

Die Sache mit dem Internet

Betrachtungen über das virtuelle Leben.

Jeder hat mal Aggressionen. Die einen lassen das an der Familie aus, das ist nicht schön. Die anderen maulen Nachbarn an, auch nicht so sinnvoll, weil man mit denen bestimmt noch eine Weile auskommen muss. Wieder andere meckern in Geschäften herum, was allerdings für die Unbeteiligten oftmals sehr erheiternd ist.

Und manche gehen auf Plattformen, die Internetplattformen meine ich, und lassen da ihrem Frust freien Lauf - aber wie!!!

Da gibt es ein Hauen und Stechen, dass einem vor Erstaunen und Entsetzen fast die Augen aus dem Kopf kullern. Und die Finger frieren von der Kälte, die manche Antworten ausstrahlen, fast an den Tasten fest.

Egal, was (und wie es) in der Frage genau erläutert wird: Alles, was zur Erklärung darin vermerkt ist, wird tunlichst ignoriert. Man will gefälligst meckern. Da werden die virtuellen Degen ausgepackt, und los geht's. Bloß so richtige Treffer kann man virtuell halt nicht landen. Da leuchtet auch kein Lämpchen auf, welches einem einen Treffer signalisieren würde. Also schaukelt sich die Sache zwischen wildfremden, jedoch einer wachsenden Anzahl von Usern hoch und höher und entgleitet manchmal in pure Unverschämtheiten. Wenn schließlich allgemein die Argumente auszugehen drohen, fällt einem die Fragestellerin wieder ein, die das ganze Schlamassel schließlich zu verantworten hat. Dann aber ist die geliefert: Auf sie mit Gebrüll.

Durch so eine Plattform habe ich nur einmal jemanden persönlich kennengelernt. Mit manchen telefoniere ich, und mit anderen habe ich Kontakt über das Postfach. Aber wie gesagt, persönlich kenne ich nur einen User, was mir natürlich keinen Aufschluss über irgendwelche Charakterzüge von unbekannten Usern bringt.

Bleibt die Frage, welche Menschen verbergen sich hinter diesen Nicks? Warum hauen sie verbal derart um sich?

Aus persönlicher Erfahrung weiß ich: Wenn es einem nicht gut geht und man schreibt etwas Dementsprechendes, kommen sofort ein paar Antworten, die trösten. Natürlich nur virtuell, aber meistens hilft diese Anteilnahme.

Im Umkehrschluss heißt das doch, dass verbale Angriffe verletzen, ja, unbedingt verletzen sollen. Da kann jemand noch so oft darauf antworten, dass das alles an ihm abprallt. Ich glaube das nicht, das wäre ja fast übermenschlich. Na ja, oder nur oberflächlich. Was folgern wir daraus? Wieder einmal: Seid nett zueinander! Auch auf diesen anonymen Plattformen.

Die Sache mit der Wanderung

Gedanken über das Älterwerden.

Den Himalaja, speziell den Mount Everest, kennt wohl jeder. Auch den steilen Grat, der zum Gipfel hinaufführt. Mich hat das immer fasziniert, wie man da oben rumklettern kann. Aber das nur so nebenbei.

Manchmal fühle ich mich wie auf diesem Grat. Auf der einen Seite blickt man hinunter zur Jugend und auf der oberen Grat-Seite geht's zum Alter.

Ich wandere genau auf diesem Grat entlang. Manchmal tauche ich ab, zur Jugend hinunter, bin albern, kichere ausgelassen mit Freundinnen und denke: "Ach, jung zu sein ist doch herrlich." Aber das Leben katapultiert mich unweigerlich wieder hinauf auf diesen schmalen, steilen Grat, und ich wandere weiter und versuche, die mühsame Seite des Alters zu ignorieren bzw. ihr etwas oder auch viel Positives abzugewinnen. Aber dann wird jemand in meinem Alter krank oder eine Freundin stirbt, und schon befinde ich mich ausschließlich auf der beschwerlichen steilen Grat-Strecke, die mir völlig klarmacht, dass Älterwerden zwangsläufig bedeutet, sich mit Krankheit und Tod auseinandersetzen zu müssen.

Ich würde lügen, wenn ich sagte, dass es mir auf diesem steilen Grat besonders gut gefällt, aber danach fragt natürlich niemand. Also laufe ich weiter auf meiner Grat-Wanderung und hoffe inständig, dass es bald mal wieder einen Ausflug auf die junge Seite gibt.

Manchmal frage ich mich, ob es allen Menschen so geht, oder ob nur ich mir diese unnützen Gedanken mache.

Die Sache mit dem Lächeln

Manchmal ist für mich der Tag des Lächelns. Ich gehe an einer Schaufensterscheibe oder einem Spiegel vorbei, sehe mich und zucke zusammen. "Oh Gott, wer ist das denn? Die hab ich ja noch nie gesehen. Seltsam, da spiegelt sich eine total fremde Frau."

Flugs poliere ich meine Trauermiene auf und lächle mir zu. Tatsächlich, ich bin es wieder. Na bitte, geht doch!

Nun bin ich aufmerksam geworden und schaue den Leuten ins Gesicht. Die meisten laufen genauso herum wie eine uns allseits bekannte Person des öffentlichen Interesses - Mundwinkel nach unten.

Das muss doch zu ändern sein. Also schaue ich der Person ins Gesicht und lächle sie freundlich an. Und nun passiert Folgendes: Im Gehirnkästchen des Jeweiligen rattert es fast laut und deutlich. Eine Schublade geht auf "Kenne ich nicht", die zweite folgt gleich hinterher "Was will die von mir". Die Schubladen sind leer. Und jetzt geschieht ein Wunder. Langsam, erst zögerlich, dann immer entschlossener, bewegen sich die Mundwinkel nach oben, und eine mir völlig unbekannte Person lächelt zurück. Es hat also funktioniert. Ob die Mundwinkel nach der Begegnung gleich wieder nach unten fallen, weiß ich nicht, aber für einen Moment hatte dieser Mensch ein positives Erlebnis – und ich ebenfalls: Es hat mich jemand angelächelt. Wie schön.

Die Sache mit der Margarine

Nun dachte ich, es herrscht so langsam mal überall Ordnung bei mir zu Hause, aber nix da, nada, niente. Neulich haben meine Vierbeiner Emma und Lotta in einer lehrbuchartigen konzertierten Aktion eine Margarineschachtel vom Küchentisch geangelt, was da heißt: Emma, die große Hündin, hat sie geholt, und Lotta war die Nutznießerin und hat die Margarine gefuttert. Futtern ist einfach ihr Schönstes. Lotta war kurz vor diesem Feinschmeckerausflug ein ganz normaler Dackel. Nach dieser Attacke sah sie aus wie ein fetter Mops und hatte akute Atem- und Herzbeschwerden. Sie konnte nur noch auf dem Rücken liegen und ihre Beine in die Luft strecken.

Mein sonst so ruhiger Lebensabschnittsbegleiter verlor fast die Fassung und stellte mit leicht panisch-schriller Stimme alarmiert fest: "Die nibbelt uns noch ab!" Den Tierarzt wollte ich so spät am Abend nicht wecken. Also überlegte ich, dass Lotta Bewegung bestimmt gut täte. Flugs rollte ich den Dackel auf die Seite, stellte ihn mit beherztem Schwung auf seine vier Pfoten und wanderte mit ihm eine Stunde durch den menschenleeren Ort. Mit dem Erfolg, dass diesmal ich außer Atem geriet und meine Verdauung einsetzte. Beim Hund tat sich nichts.

Aber man weiß ja, was der Hundemutter Pflicht ist, weswegen ich mit Lotta im Gästezimmer genächtigt und ihr fast non-stop den Bauch massiert habe. Es hat ihr außerordentlich gut gefallen. Ansonsten passierte absolut nichts. Erst als der Morgen schon wieder dämmerte, entschied der Hund, der Klops muss jetzt raus und erbrach sich sieben Mal von angestrengt-grausigem Würgen begleitet auf den Teppich. Daraufhin konnte ich die Morgengymnastik ausfallen lassen, weil ich – beobachtet von Lottas zwar erschöpftem, jedoch inzwischen wieder höchst interessiertem Blick - in tadellos sportlicher Haltung emsig bemüht war, den Boden sauber zu kriegen. Was sich allerdings als unmöglich herausstellte und wir uns später einen neuen Teppich zulegen mussten.

Nachdem ich meine unfreiwillige Bodengymnastik erfolglos absolviert hatte, bin ich natürlich mit Lotta noch zum Tierarzt gefahren. Dieser hat mir für das Dackeltier ganz einfach ein Zäpfchen in die Hand gedrückt. Ob das freundliche Lächeln auf seinem Gesicht in irgendeiner Weise mit meinen sehr häufigen Besuchen und den entsprechenden Rechnungen in Zusammenhang zu bringen oder aus Sympathie und Mitleid wegen des nicht ganz leichten Zäpfchen-Gebens geboren war, das weiß ich bis heute nicht so recht.

Letztendlich hat alles ein gutes Ende genommen, aber wiederholen möchte ich diese Erfahrung samt all ihren Folgen so schnell nicht noch einmal. Oder haben Sie schon einmal einem Dackel oder sonstigen Vierbeiner ein Zäpfchen verabreicht …? Lotta brachte durch Gummimenschen-ähnliche Abwehr-Verrenkungen und vergebliche Fluchtversuche unmissverständlich zum Ausdruck, dass ihr die Aktion nicht sonderlich gefiel. Doch zumindest habe ich sie beim Einsetzen der Zäpfchen-Wirkung rechtzeitig ins Freie bringen können, und sämtliche an diesem Fall Beteiligten haben es überlebt.

Die Sache mit dem Dank

Wo ist es nur geblieben, das schöne Wort DANKE?

Mal wieder herrscht an meinem Einkaufstag hektische Geschäftigkeit im Supermarkt - trotzdem halte ich am Eingang jemandem höflich die Tür auf und knalle sie ihm nicht einfach vor den Kopf. Verblüfft schüttele ich den Kopf, als dieser Jemand an mir vorbeirauscht, mich noch fast zur Seite schubst und keinerlei Sprache und/oder gar Dankeslächeln besitzt. Nichts, nur verbissenes Weiterstürmen. Gut, es gibt ja tatsächlich Menschen, die von Geburt an stumm sind - oder zwar sprechen können, jedoch gerade einen schlimmen Tag haben. Ich möchte da auf gar keinen Fall ungerecht sein.

Wenig später steht an der Kasse ein Mann mit zwei Sachen in der Hand hinter mir und schaut entsetzt in meinen vollen Einkaufswagen, also lasse ich ihn vor. Er runzelt verdutzt die Stirn, drückt sich an mir vorbei, knallt seine Artikel auf das Laufband, zahlt und entschwindet. Kein Dank, nichts. Innerlich schüttele ich erneut den Kopf über die Tatsache, dass es so kurz hintereinander schon wieder jemanden gibt, der nicht sprechen kann oder einen schlimmen Tag hat. Das ist schon seltsam.

Auf dem Weg nach Hause lasse ich einer Frau großzügig die Vorfahrt, obwohl ich von rechts komme. Mit Schwung rauscht sie an mir vorbei, kein Winken, kein Lächeln, nichts, was man irgendwie als Dank hätte deuten können – oder gar als Entschuldigung, dass sie offensichtlich überhaupt nicht auf die Vorfahrt geachtet hat. Also in die Kategorie taubstumm kann ich sie nicht einordnen, eher blind, aber darf man dann Auto fahren?

Ein anderes Mal hatte mir jemand mit einer Auskunft sehr geholfen. Ich wollte mich dafür erkenntlich zeigen und schickte etwas Hübsches hin, weil mir diese Auskunft wirklich viel Geld gespart hatte. Was diejenige allerdings nicht wissen konnte.

Doch Sie ahnen es schon, kein Dank, nichts.

Jetzt frage ich mich: Ist das Wort Danke plötzlich aus unserem Wortschatz verschwunden? Wo ist es nur geblieben? Also im Duden steht es noch, ich habe nachgesehen.

Man könnte multikulti auch sagen:

Thank you. Merci. Tak. Tante Grazie. Khop khun khaa. Domo arigato.

Oder schlicht nur DANKE!

Wenn man es versucht, ist es total einfach und tut überhaupt nicht weh. Vor allem stellt sich etwas ganz von alleine ein: Es macht Spaß!

Die Sache mit dem Flug

Manches ist nicht so, wie wir es uns vorstellen.

Nur ein kurzer Flug in den Süden sollte es sein, aber wenn ich es recht bedenke, hätte ich die Strecke in der Zeit locker zu Fuß bewältigen können.

Begonnen hatte die Reise am Abend davor, als ich mit dem Auto nach zwei Stunden Berlin erreichte, was bis zu dem Punkt noch alles so geplant war. Doch nun lotste mich mein Navi in eine Baustelle mit vielen Umleitungsschildern und verschluckte sich daraufhin sofort, was ich zuerst nicht so recht mitbekam. Ebenso dringend wie fast pausenlos hintereinander riet mir der "Werner", links abzubiegen. Wenn man das ein paar Mal artig befolgt hat, merkt selbst der mathematisch oder sonstwie von der Orientierung her unbegabteste Mensch, dass er im Kreis fährt. Also auch ich.

Irgendwann, als sich schon meine wildesten Flüche bahnbrechen wollten, von der Sorte, die ich hier besser wegen des Jugendschutzes nicht erwähnen möchte, habe ich angehalten, das Fenster runtergekurbelt und ein lebendes Wesen auf zwei Beinen gefragt. Das konnte "Werner" auf Dauer natürlich nicht sprachlos hinnehmen. Kurz nachdem ich aus diesem Endloskreisel dank der menschlichen Information den Ausstieg gefunden hatte, trat er wieder in Aktion und wies mich wenigstens (ich hatte das Gefühl, kleinlaut) auf die richtige Straße.

Das Hotel fand ich dann tatsächlich problemlos, erfreute mich, später im Bett liegend, des unablässig dröhnenden, hupenden Verkehrs vier Stockwerke tiefer und konnte die landenden Flugzeuge fast im Minutentakt nahezu direkt an meinem Bett nicht gerade geräuscharm vorbeidüsen sehen. Aber nach einer Weile wurde auch das langweilig. Da konnte selbst der hübsch dekorierte Balkon nebst blühenden Geranien - wer hat das schon in so einem verkehrstechnisch zentral gelegenen Innenstadt-Hotel? - nicht mehr helfen. An Schlaf war nicht zu denken.

Doch was ein erfahrener Reisender ist, der weiß, dass man in Hotels mit allem rechnen muss. Als zusätzlich aus dem Nachbarzimmer eindeutige spitze Schreie ertönten, war mir klar, dass ich etwas unternehmen musste. Einen Herrn zur Verursachung von ähnlichen Gegentönen hatte ich nicht dabei, aber die Baldriantropfen.

Irgendwann gegen halb drei fiel ich sozusagen in Ohnmacht, um aber zuverlässig um kurz vor sechs Uhr von dem ersten Flieger wieder senkrecht aus den Träumen gerissen zu werden.

Nun denn, das Frühstück hatte ich ziemlich schnell erledigt, und das Mädchen am Empfang erklärte mir noch freundlich: "Nur eenmal rechts abbiejen, dann immer jradeaus, dann sind Se am Flughafen." Das klang einfach und musste leicht zu schaffen sein.

Mein Navi schaltete ich sicherheitshalber trotzdem an, weil ich es sowieso schon auf den Flughafen Tegel eingestellt hatte. So machte ich mich müde, aber doch irgendwie entspannt auf den Weg.

Nun ist mein Navi ein ganz spezielles Gerät. Der Werner verrät mir zum Beispiel: "In dreihundert Metern rechts abbiegen." Maßband habe ich nie dabei (was mir zugegebenermaßen auch nicht sonderlich viel nützen würde), und das Schätzen von solchen Meter-Angaben ist nicht meine Stärke. Also verlasse ich mich darauf, dass er Rücksicht auf mich nimmt und es netterweise noch einmal kurz vor dem jeweiligen Abbiegen sagt. Diesen Wunsch erfüllte er mir nun auch tatsächlich – nämlich exakt in der Sekunde, als ich an der Straße vorbeigerauscht war, wie immer.

Gut, gut, ich schreibe das in solchen Fällen stets meiner eigenen Dusseligkeit zu. Also bog ich wieder links und wieder links und wieder links ab, und plötzlich verkündete mir der Werner in einer eklig schmalen Seitenstraße: "Sie haben Ihr Ziel erreicht." Wie jetzt? Ich wusste zwar, dass der Flughafen Tegel klein ist, aber so klein? Panisch schaute ich mich um und sichtete glücklicherweise einen jungen Mann, der mir ortskundig und freundlich den ziemlich umständlichen Weg so gut erklärte, dass ich dem Werner zur Strafe die Luft abdrehte und mich auf die menschlichen Anweisungen verließ. Sie führten mich tatsächlich direkt ans Ziel. Das Gepäck-Vor- und Zwischenspiel erwähne ich nur kurz, weil es zu peinlich ist, dass ich eine halbe Stunde bei einer Fluggesellschaft anstand, deren Maschine nach Moskau flog. Dort wartete ich aber nur, weil das angeblich der

Schalter war, an dem man seinen Koffer vorzeitig aufgeben konnte. Nur angesichts der schier endlos langen Schlange von Leuten mit riesigem Gepäck-Volumen, wurde ich mit der Zeit etwas unruhig. Also fragte ich einen der Reisenden und verschwand nach seiner für mich äußerst erhellenden Antwort von der russisch orientierten Bildfläche schneller als Daniel Düsentrieb je seinen Abflug geschafft hatte. Zu meiner Ehrenrettung sei gesagt, dass der gesuchte Schalter - noch - geschlossen war.

Um die Mittagszeit, als ich meinem erwünschten Ziel schon etwas näher gekommen war und - am richtigen Schalter - eingecheckt hatte, verspürte ich ein leichtes Grummeln im Magen. Will sagen, wenn ich nicht Vegetarierin wäre, hätte ich ein halbes Schwein vertilgen können. Weil aber leicht Übergewichtige in der Öffentlichkeit niemals wagen, derart große Portionen zu sich zu nehmen, schlich ich etwas ermattet zu einem Stand mit völlig überteuerten belegten Brötchen.

Ich fragte sehr freundlich, ob sie etwas Vegetarisches hätten. Da zeigte die Dame auf ein Brötchen, bei dem man außer Wurst kaum was anderes erkennen konnte. Ich erwähnte diesen Umstand vorsichtig und erhielt die extrem höfliche Empfehlung: "Dann müssen Sie mal zum Optiker!" Ich bin ja nun selber Berlinerin, und mich verblüfft so leicht nichts. Zwar wohne ich schon lange nicht mehr in Berlin - sonst hätte ich selbstverständlich den Flughafen blind im Dunkeln gefunden -, aber es bedeutet vor allem, dass ich wahrhaftig nicht auf den Mund gefallen bin. Diese unverschämte Antwort verschlug mir jedoch kurzfristig die Sprache, und ich verließ den Stand lieber wortlos als mich mit der Verkäuferin zeit- und nervenraubend anzulegen. Etwas wirklich Vegetarisches habe ich natürlich noch in einem anderen Laden bekommen, es aber erst am Abend gegessen, denn das "vegetarische Wurst-Erlebnis" hatte seltsamerweise meinen Hunger vertrieben. Im Flieger gab es dann Kaffee und einen Keks, was mir vorübergehend gereicht hat.

Es gäbe noch so vieles zu schreiben über die Drängler, die schon Ewigkeiten vor dem Check-in-Schalter wartend aggressiv die Ellenbogen rausfahren, um als möglichst Erste bei der Registrierung ihre Lieblingsplätze verteidigen und/oder erobern zu können. Was einen ganz wuschig macht. Aber das erzähle ich ein anderes Mal.

Vor meinem geistigen Auge habe ich mich schon seit Wochen bei der Ankunft elegant aus dem Flugzeug die Gangway hinunterschreiten sehen. Ausgestiegen ist ob der dort herrschenden Hitze ein reichlich zerknautschtes, übernächtigtes Etwas, das zusätzlich später feststellte, viel zu viel Gepäck dabei zu haben.

Aber so ist es halt im Leben. Oftmals treibt unsere Vorstellungskraft weitaus buntere und schönere Blüten als sie es dann sind – egal, aus welchen Gründen.

Die Sache mit den Bildern

Heute brachte mir der Paketbote einen von meiner Schwester angekündigten kleinen Karton mit kostbarem Inhalt. Fotos von früher! Eigentlich hätte ich einen Haufen Arbeit erledigen müssen, aber natürlich konnte ich mich nicht beherrschen. Voller Vorfreude und Neugier goss ich mir eine Tasse Kaffee ein und trug sie mit der Schachtel zum bequemen Sofa.

Wenn man mit der Vergangenheit konfrontiert wird, ist das manchmal schon sehr seltsam. Es waren alles Fotos aus unserer Jugend, und an manches konnte ich mich überhaupt nicht mehr erinnern. Aber das Ereignis, als mein Opa bei einem Gartenfest den ersten Preis für seinen Garten bekommen hat, sehe ich noch genau vor mir. Meine Schwester und ich bekamen als Lohn für unsere emsige Hilfe kleine Papphütchen mit lustigen Papierfransen dran aufgesetzt. Das hat uns zwei damals unglaublich stolz gemacht.

Dann fiel mir ein Bild in die Hände von unserem Abschlussball der Tanzschule. Ach du lieber Gott, kann ich nur keuchen. Wie sahen wir denn alle aus!?! Von einem Ballkleid war da keine Spur, man hatte sich lediglich etwas festlicher angezogen und machte beim Fotografieren ein ernstes Gesicht ob des wichtigen Ereignisses.

Außerdem gab es unzählige Babybilder, allerdings nur von meiner Schwester. Als ich auf die Welt gekommen bin, hatten die Russen uns bereits ein Fahrrad, eine Uhr und den Fotoapparat geklaut. Was logischerweise heißt: keine Fotos von mir als Baby.

Nur nebenbei erwähnt: Andere sind im oder kurz nach dem Krieg nicht so glimpflich davon gekommen. Der Fotoapparat samt den übrigen Dingen waren gut zu verschmerzen.

Ach, und dann die Fotos, in denen wir in den jeweiligen Kinderwägen liegen! Bequem konnten die wirklich nicht gewesen sein, so knapp über dem Boden und ohne Federung. Was wir aber klaglos und sanft schlummernd offenbar genossen haben und der fehlende Luxus auch aller Erkenntnis nach keinerlei bleibende Schäden verursacht hat. Die Mütter haben diese spartanischen Dinger damals genauso stolz vor sich hergeschoben wie wir unsere hochmodernen Baby-Beförderungs-Hightech-Angelegenheiten, die für die störungsfreie Entwicklung der Neubürger angeblich unersetzlich und so enorm wichtig sein sollen.

Und was hatten wir für Frisuren! Da kam ich aus dem Kichern überhaupt nicht mehr heraus. Wir Kinder natürlich mit Hahnenkamm. Die Damen in fortgesetzerem Alter werden sich erinnern: Auf dem Kopf wurde oben eine Strähne abgeteilt, ein kleiner Kamm hineingesteckt und so lange in die Strähne hineingedreht, bis der Kamm auf der Kopfhaut angekommen war. Dort wurde er erschütterungsresistent im Haaransatz verankert, was immer einer Skalpierung ähnelte und naturgemäß meist wehtat.

Die Mütter wiederum zierte zu den Nachkriegszeiten oft ein ebenso merkwürdig anmutender Kopfschmuck. Oben in der Mitte des Kopfes eine Rolle, rechts über dem Ohr eine Rolle, links über dem Ohr eine Rolle. Für heutige Begriffe ähneln sie mit dieser Art von Antennen eher Außerirdischen als dass sie pfiffigen Chic oder gar Eleganz versprühen würden. Aber das war halt die Mode der Zeit. Und vielleicht holt man diese verdrehte "Rollen-Frisur" mal wieder aus der Mottenkiste und deklariert sie als hipp – nichts ist unmöglich.

Was mich jedoch mehr als verblüffte, waren die Konturen unserer Figuren. Wo sind denn die bitte sehr geblieben? So schlank war ich damals? Unfassbar! Na gut, wäre ich nicht über die Jahre hinweg durch alle lecker gefüllten Kochtöpfe und Kuchenformen gerobbt (und hätte stattdessen die meisten Stunden des Tages Sport betrieben), könnte man vielleicht heute noch so aussehen. Auf der anderen Seite wären mir all die kulinarischen Köstlichkeiten verborgen geblieben – und das wäre für einen lebensfrohen Menschen wie mich ein herber Verlust.

Ob unsere Kinder auch einmal die Bilder von früher, also von heute, anschauen und kichern? Vermutlich, ach was – ganz sicher.

Trotz (oder gerade wegen) merkwürdiger Frisuren, nach wie vor nachvollziehbarem schmerzhaften Hahnenkamm und der Feststellung der "vergänglichen" Figur hatte ich eine vergnügliche halbe Stunde, die ich bestimmt bald wiederholen werde. Man vergisst ja so viel – und ein paar Bilder muss ich mir noch genauer anschauen. Erinnerung kann etwas wirklich Schönes sein.

Die Sache mit den Schlüsselblumen

Vor vielen, ja – okay, vor sehr vielen Jahren, als ich ein Kind war und im tiefsten Bayern auf dem Land wohnte, bin ich wie alle Kinder ab und zu über die Wiesen gestreift und habe für meine Mutter Blumen gepflückt. Wir wohnten direkt an der österreichischen Grenze, und da gab es diese kleinen gelben Blumen mit den niedlichen Köpfchen, die wie kleine Sterne aussehen. An so einer Blume waren immer mehrere Stängel, und die Blüten wippten fröhlich im Wind. Wir kannten sie unter dem Namen Schlüsselblumen, die ich aber über Jahrzehnte in anderen Gegenden nie mehr entdeckt und ihre Existenz auch vergessen hatte.

Heute, ein komplettes Leben später, als ich mit den Hunden unterwegs war, habe ich am Wegesrand diese Blumen das erste Mal seit meiner Kindheit wieder gesehen. Hier oben an der

Ostsee. Und es war, als ob mein Leben plötzlich eine mächtige Rolle rückwärts gemacht hätte. Sofort sah ich mich in Bayern wieder durch das Gras laufen und diese Blumen pflücken. Und ich erinnerte mich ganz genau, wie sich die Stängel anfühlten, diese grünen, leicht pelzigen Stängel mit dem Blütenkopf oben drauf, und unten saßen wie ein Kranz die länglichen Blätter. Unvermittelt wusste ich wieder, wie sich das anfühlt, diese Blumen zu pflücken, hörte dieses leise Knacken, wenn ich den innen wässrigen Stängel abbrach, und sah mich einen – für mich damals - riesigen Strauß dieser Schlüsselblumen über die Wiese stolz nach Hause tragen.

Heute habe ich allerdings keine dieser wunderbaren Schlüsselblumen gepflückt. Stattdessen werde ich mich ein paar Tage später daran freuen, wenn sie in voller Pracht blühen. Das bedeutet nämlich zusätzlich, dass ich weitaus mehr Zeit habe, den Anblick zu genießen, als sie abzupflücken und in die Vase zu stellen. Als Kind möchte man vor allem seiner Mutter eine Freude machen und weiß halt nicht, dass so eine Blume schneller stirbt, wenn man sie abbricht.

Selbstverständlich bin ich den Rest des Tages komplett mit meinem jetzigen Leben beschäftigt, samt all seinen Pflichten. Aber morgen früh leiste ich mir wieder einen herrlichen kleinen Vergangenheits-Ausflug, wenn ich bei meinem Spaziergang am Rand dieser Wiese vorbeikomme.

Die Sache mit der Freiheit

Wenn man sich in diesem lästigen oder auch eine goldene Zukunft versprechenden Teenageralter befindet, dann ist die Langsamkeit, mit der die Zeit vergeht, nervig. Man möchte endlich volljährig sein, weil dann schließlich die große Freiheit beginnt. Da kann es schon alleine vom Gesetz her keine Verbote von den Eltern mehr geben, also zum Beispiel keine Streitereien, wenn man abends länger weg war, und braucht sich absolut keine sonstigen Vorschriften mehr gefallen zu lassen.

Man fiebert der Achtzehn sehnsüchtig entgegen, und der Tag kommt, an dem man diesen Geburtstag endlich feiert – und damit den Beginn des süßen, unabhängigen Lebens. Denken wir. Denn man wohnt nach wie vor zu Hause und muss sich unverändert der familiären Ordnung anpassen. Was bedeutet, dass

man im Moment immer noch nicht tun und lassen kann, was man will.

Dazu kommt dieser Spruch, den wohl jeder von
uns kennt: "Solange du deine Beine unter unseren Tisch stellst …" Von der erträumten Freiheit
ist das meilenweit entfernt.

Man sucht einen Freund, findet vielleicht den
richtigen oder wird gefunden, heiratet und/oder
zieht zusammen. Jetzt aber, denkt sich so
mancher, kann man doch eigentlich tun, was
man möchte. Weit gefehlt, denn Anpassung
und Kompromisse sind zu dem Zeitpunkt der
Hit. Haushalt organisieren, kochen, waschen,
putzen und natürlich Geld verdienen … Aber irgendetwas gab es vor Urzeiten mal, irgendeine
unerfüllte Vorstellung schwirrt da noch durch
die Tiefen des Gehirns. Richtig – wo treibt sich
diese Freiheit nur rum, denn das kann sie doch
nicht sein, oder? Freiheit haben wir uns auf jeden Fall völlig anders vorgestellt. Aber wir ge-

ben ja nicht so schnell auf. Nun kommen allerdings erst mal Kinder, da wird der Begriff Freiheit zum Fremdwort, hat sich also von selbst erledigt. Kinobesuch? Fehlanzeige - die Kinder haben Bauchweh. Theater? Geht nicht, eines der Kinder hustet. Tanzen? Träum schön, der Babysitter hat kurzfristig abgesagt.

Also gut, wird die Freiheit halt auf später verschoben. Es ist ja noch viel Zeit. Die Kinder pubertieren, und den Begriff Freiheit haben wir komplett aus den Augen verloren. Nun kommt der Tag, an dem sie ausziehen. Jetzt aber! Mit aller Kraft zuckt der Begriff Freiheit hoch – wunderbar! Aber nur für den mittlerweile heftigst in der Midlife-Crisis herumtobenden Herrn Gemahl.

Die Wechseljahre lasse ich jetzt mal dezent unter den Tisch fallen, da ist einem eh alles egal, Hauptsache die schlechte Laune und das Schwitzen hören bald auf.

Und schon sind wir doch tatsächlich in der zweiten Hälfte unseres Lebens gelandet ohne jemals das geringste Fitzelchen Freiheit genossen zu haben. Und da …, da lugt sie plötzlich ganz verschämt um die Ecke. Richtig, da war doch was …, ob das …? Die Anzeichen und Merkmale für das so lange verdrängte oder gar vergessene Gefühl passen wirklich: Keine dringenden Pflichten mehr, denn die Kinder sind aus dem Haus, und der Gatte hat sich eine zweibeinige Verjüngungskur gegönnt. Soll er, denn jetzt kann sie sich ungebremst ausbreiten, die große, höchstpersönliche Freiheit! Und man kann sie voller Freude und reinen Herzens genießen. Endlich macht man ohne den Anflug eines schlechten Gewissens all das, was man will - was ungeahnte Glücksgefühle produziert. Ist das nicht herrlich?

Wer will da noch über das Älterwerden jammern? Grad schön ist es! Ihr jungen Hupfer, freut euch drauf! Die schönste Zeit eures Lebens kommt erst noch.

Die Sache mit dem Döner

Der Weg zum Döner kann manchmal sehr gefährlich werden.

Man kann mich getrost als verfressene vegetarische Döner-Vertilgerin bezeichnen. Vegetarischer Döner ist einfach zu lecker. Nicht jeder wird das verstehen, noch dazu, da ich weder Schafskäse noch Soße darauf haben möchte. Aber egal, die Geschmäcker sind halt verschieden.

Letzte Woche, als ich wieder einmal auf dem Weg zum Baumarkt war, der nach dem vegetarischen Döner gleich an zweiter Stelle auf meiner Beliebtheitsskala rangiert, machte sich ein leichtes Grummeln in meiner Magengegend bemerkbar. Praktischerweise gerade in Sichtweite der Dönerbude. Was für ein Glück! Die kleine Wegunebenheit zu meinem Fress-Paradies, nämlich eine winzige Schwelle in das

Häuschen selbst, kannte ich nur zu gut und würde sie sicher selbst in Trance – oder wie letzte Woche in purer Vorfreuden-Gier - nie übersehen.

Hungrig wie ein Wolf um Mitternacht erstürmte ich die Bude, als mein Körper sich urplötzlich wie von Geisterhand in eine Rakete verwandelte. Wie eine Bombe landete ich dank eines punktgenauen Bauchklatschers mitten in der Dönerbude. Angenehm war es, dass ich wenigstens keinen Krater hinterließ.

Total panisch rannte die Besitzerin herbei und sprudelte die enorm sinnvolle Frage heraus, ob ich hingefallen sei. Sie ist eigentlich eine wirklich Nette, und deshalb verkniff ich mir zu ächzen: "Wieso? Ich betrete Dönerbuden grundsätzlich nur im Schleudergang!" Nein, so unhöflich ist man ja nicht. Hilfe von ihr lehnte ich ab, weil ich irgendwie besser alleine hochkam. Zwar nicht ganz so elegant wie eine gazellenhafte Tänzerin, sondern eher, äh, wie heißt das Tier mit dem Rüssel? Nun ja, also wie jenes. Und leicht erschüttert, jedoch gefasst, konnte ich dann endlich das Ziel meiner Begierde ordern: den erträumten Veggie-Döner. Dazu schenkte mir die Besitzerin zur Beruhigung noch ein kleines Fläschchen mit Schnaps (worüber sich später mein Nachbar freute). Danach setzte ich meine Fahrt zum Baumarkt mit ein paar neuen hübsch-hässlich-blauen Flecken, jedoch ansonsten unverletzt, fort.

Und die Moral von der Geschichte? Es hätte weitaus schlimmer kommen können, wenn ich nämlich zum Beispiel mit dem Kopf auf der Theke und mitten in den Zwiebeln gelandet wäre. Wo ich Zwiebeln doch so gar nicht ausstehen kann.

.

Die Sache mit dem Wahnsinn

Nur noch ein Tag!!!

Man entkommt ihm seit Wochen nicht, dem royalen Hochzeitswahn, der Hochzeit von William & Kate.

Mir scheint, da werden im Vorfeld sämtliche Hochzeiten aus den letzten zwei Jahrhunderten gezeigt, es ist zum Mäusemelken.

Kaum ist der Fernseher an, schwebt Lady Di samt ihrem unsäglichen Kleid, das aussah wie eine explodierte Sahnetorte, über den Bildschirm. Also schnell weiter zum nächsten Sender. Da lässt man die Ehe von Charles & Co. abermals Revue passieren, obwohl jeder dieses Drama schon in- und auswendig kennt.

Weiter, nächster Sender. Aber nix da, Camillas dementsprechende Vorbereitungen fehlten noch. Dass sie beim Friseur war und dafür 200 Pfund zahlte, interessiert mich nicht wirklich.

Geholfen haben wird es eh nicht unbedingt. Alle verfügbaren x-hundert Sender, die ich aufrufen könnte, erspare ich mir, es gibt nur noch dieses eine Thema. Na gut, werde ich mir halt die gestern erworbene Gartenzeitung anschauen, die sich gewiss nicht mit Kronen beschäftigen, es sei denn mit Baumkronen. Doch was sehe ich auf der zweiten Seite? Prinz William und seine Kate. Nun reicht es mir.

Allein die Vorstellung, dass es Leute gibt, die seit Tagen mit Kind und Kegel und Haustier auf der Straße campieren, damit sie fünf Sekunden einen Blick auf die Braut werfen können, lässt tiefe Sorgenfalten über die eventuell marode Gesundheit der Menschheit auf meiner Stirn zurück. Ich befürchte, dass ich wegen dieser pausenlosen Anteilnahme langsam zur dringenden Botox-Kundin mutiere.

Doch irgendwie ist das Ganze auch ansteckend, und ich beginne zu grübeln. Was wäre,

wenn morgen einer von den beiden Hauptak-
teuren vor Aufregung einen Blackout hat (oder
gar von den oftmals nicht so rosigen Zukunfts-
aussichten überwältigt wird) und aus Versehen
"Nein" sagt? Wird dann alles wiederholt, und
wir müssen diesen Wahnsinn noch einmal über
uns ergehen lassen? Oder ist das Jawort aus
Sicherheitsgründen sowieso Playback - nein,
nicht Pay-back, das ist wieder etwas anderes,
Playback habe ich gesagt. Praktisch wäre das
eigentlich schon.

Bitte, bitte, lasst auf jeden Fall diesen adeligen
Hochzeits-Zirkus zügig vorübergehen und die
beiden "Ja, nein, vielleicht, später" oder irgendetwas Passendes sagen, damit wir endlich wieder normale Sendungen sehen dürfen.

Die Sache mit dem Singen

Vor einigen Jahren war es - ich war gerade wieder einmal umgezogen und neu am Ort, als mich eine Nachbarin aufsuchte und einlud, mit den anderen Damen bei einer Goldenen Hochzeit den "Kranz anzusingen".

Für diejenigen, die das nicht kennen – bis zu dem Zeitpunkt kannte ich das genauso wenig –, eine Erklärung: Man besucht die Jubilare mit einem Kranz einen Tag vor dem Ereignis und gibt ein paar passende Lieder zum Besten. Hinterher wird man zu einem Umtrunk geladen, und das war es dann.

Also ich wurde zum Ansingen geladen und habe natürlich zugesagt. Besser kann man sich ja nicht mit der Nachbarschaft bekannt machen. Obwohl ich später selbstverständlich noch einen "Einstand" gegeben habe. Natürlich können ja nun nicht sieben mehr oder weniger musikalisch begabte Damen, die noch dazu nicht sehr textsicher sind, auf die Menschheit bzw. die Lieder losgelassen werden.

Es wurde eine Probe angesetzt bei der Nachbarin, die das alles von Anfang an organisiert hatte. Als ich dort ankam, waren die Damen schon alle versammelt. Ihre Neugierde blitzte ihnen geradezu aus allen Knopflöchern, aber Schüchternheit gehört glücklicherweise nicht gerade zu meinen Tugenden, also stellte ich mich kurz vor. Auf dem Sofa war noch ein Platz frei, und ich setzte mich neben eine Frau, die mich vergnügt betrachtete. Wir hatten es, kurz gesagt, sehr lustig. Sie aus mir unbekannten Gründen, ich, weil ich eh meistens gut drauf bin.

Eine andere Dame war dabei, die mich ganz unverhohlen über ihre goldene Brille hinweg musterte. Sie hatte vielen edlen Schmuck angelegt für diesen offenbar außerordentlich wichtigen Termin, und ich überlegte kurz, ob sie vielleicht mit einem Hofknicks meinerseits rechnete.

Es ging auch ohne, Gott sei Dank, schließlich hatte ich in meinem Leben noch nie einen Hofknicks hingelegt. Einen Brief von einer Königin habe ich schon mal erhalten, aber das ist eine andere Geschichte.

Nach ein paar reichlich individuellen Probegesängen wurden wir ermahnt, die Sache doch etwas ernster zu nehmen. Nachdem die Generalprobe direkt nach diesen leicht schrägen Probegesängen und danach gleich die Vorführung als solche stattfand, war der Hinweis sehr klug. Wir sangen wenig später vor den gerührten Jubilaren einigermaßen, was heißt: laut. Textsicher nicht so sehr. Es kam trotzdem gut an.

Nach vollbrachter Sangeskunst bekamen wir jeder zum Dank noch ein Gläschen selbstgebrauten Likör und wurden dann freundlich hinausgescheucht. Alles in allem war es ein Erlebnis, das ich nicht missen möchte.

Jetzt bin ich in ein anderes Bundesland gezogen und warte gespannt, was hier auf mich zukommt. Hoffentlich nicht doch noch die Zeremonie eines Hofknickses.

Die Sache mit den Ehemaligen

Vor meinen viel zitierten hundert Jahren lagen wir an einem Sonntagmorgen gemütlich und nichts ahnend im Bett, als es plötzlich zu nacht-schlafender Zeit, wir empfanden das zumindest so, Sturm läutete. Wir schauten uns erschreckt an, tappten dann leicht bekleidet zur Haustür, öffneten zögerlich - und standen einer uns ab-solut fremden kompletten Familie gegenüber. Weder Vater, Mutter, Kinder oder Oma hatten wir jemals zuvor gesehen.

Bevor bei mir wieder einmal die Schnappat-mung einsetzte, weil ich in der Tat nicht sonn-täglich, ach was, eigentlich überhaupt nicht an-gezogen war, schaute mich der Häuptling der Familie entsetzt an und stammelte dann in brei-testem Wiener Dialekt: "Entschuldigen'S bitt'schön, aber unsere Oma hat heute Geburts-tag, und da hat sie von uns einen Flug nach

Bayern bekommen, um noch einmal das Haus zu sehen, in dem sie einmal gewohnt hat!"

Nun erspähte ich auch ein draußen wartendes Taxi und wusste im Moment nicht so recht, wie ich mit so einer seltsamen Situation umgehen sollte. Mein Hausfrauenherz war das Erste, was sich als vollständig wach meldete. Es begann Zick-Zack-Saltos zu schlagen, denn das alles ging ja nun gar nicht: meine gesamte Familie im Schlafanzug und/oder Bademantel, Betten nicht gemacht, Küche nicht aufgeräumt.

Aber flexibel war ich schon immer, und mit ungewohnten Situationen umzugehen hat mich das Leben gelehrt. Also trat ich einen Schritt zur Seite, entschuldigte mich, dass ich nur spärlich bekleidet war, hoffte auf das Wunder der Unsichtbarkeit, was die nicht gemachten Betten betraf, und bat die Herrschaften herein. Verlegen (oder scheinheilig?) zierten sie sich noch ein bisschen, und ich fragte mich, warum sie eigentlich nahezu mitten in der Nacht überfallartig vor unserer Tür standen, wenn sie keine Hausbesichtigung veranstalten wollten. Doch dann marschierte auch schon einer nach dem anderen neugierig herein. Wenn ich das so richtig einschätzte, war es wohl nur der Oma richtig peinlich.

Wir zeigten ihnen unser Haus und ernteten sofort zahlreiche Ahs und Ohs, unterbrochen von Erzählungen ihrerseits, wie das früher alles - anders - ausgesehen hätte. In unserem Schlafzimmer fiel der allgemeine Blick auf unsere Betten, und die Oma stammelte voller Erinnerungsfreude: "Hier sind unsere Kinder geboren worden." Jetzt schnaufte ich heftiger. Denn in **unseren** Betten waren die ganz sicher nicht geboren. Gott sei Dank hinderte uns das draußen wartende Taxi daran, noch zwangsweise höflich eine Bewirtung in Form eines Frühstücks anbieten zu müssen. Kurz nach dieser merkwürdigen

Hausbegehung war die Karawane wieder verschwunden.

Danach schauten wir uns reichlich verdutzt an und entschieden spontan, dass wir an diesem Morgen nicht mehr in unser Bett zurückwollten. Natürlich stand es nur auf demselben Platz und war nicht mehr das Original-Bett der Oma. Aber wer weiß, was an dem Fleck momentan nach diesem Ausruf alles passieren konnte. So nach dem Motto: schlafende Hunde geweckt. Noch mehr Kinder konnte sich unser eh schmalbrüstiges Familienbudget nicht leisten.

Seit dieser Zeit hasse ich Überraschungsbesuche jeglicher Art und schwöre gleichzeitig: Nie im Leben werde ich unaufgefordert irgendwo vor der Tür stehen. Eher friert die Hölle zu.

Die Sache mit der Fußbank

Wenn man sein Tier, in dem Fall ich meinen Hund, über die Jahre aufmerksam beobachtet, dann weiß man, dass es genau wie der Mensch im Alter ungelenkiger wird. Was einen nicht unbedingt tröstet und ich in beiden Fällen mit einer gewissen Besorgnis betrachte. Mir passiert es zum Beispiel mit schöner Regelmäßigkeit, dass ich bei meinem Fernseher etwas umstecken muss. Zu diesem Zweck bin ich aber gezwungen, in die dunkelste und engste Ecke des Zimmers zu kriechen, weil die Stecker halt alle dort hinten versammelt sind.

Bei so einer Gelegenheit hatte ich mich derart verkantet, dass ich befürchtete, bis zur nächsten Familien-Weihnachtsfeier in diesem finsteren Winkel gemeinsam mit den Wollmäusen hocken zu müssen. Dabei war schließlich Ostern grade erst vorbei. Diese Vorstellung weckte dann doch meinen Überlebenswillen, und es gelang mir, den Fernseher samt seinem Untergestell unter Auferbietung aller mir zur Verfügung stehenden Kräfte über die Teppichkante zu schieben. Damit war mein höchstpersönlicher Wendekreis erweitert – und ich gerettet. Aber das erzähle ich jetzt nur als Entschuldigung, weil mein sonst so unternehmungslustiger Dackel Willy halt auch nicht mehr so kann, wie er möchte.

Das mag vielleicht daran liegen, dass er etwas rundlich ist, aber der Arzt bestätigt, dass er völlig gesund ist. Dackel neigen nun mal zur Rundlichkeit. Nun gut. Rundlich heißt also auch schwerer. Und hier kommt die Schwerkraft ins Spiel. Beim Einstieg ins Auto helfe ich mit einem leichten Schubs nach, den er gar nicht merkt. Vermutlich denkt er sich: "Mann, was bin ich doch für eine sportliche Granate, ich meistere jede noch so hohe Hürde durch meinen dynamischen Schwung!"

Ihm den Weg aufs Sofa zu ebnen wird schon schwieriger. Willy wurde als Welpe in einer Mülltonne gefunden und ist glücklicherweise im Tierheim gelandet, wo ich ihn entdeckte und sofort "adoptierte". Doch offensichtlich hat sich aus diesem üblen Lebensbeginn irgendeine Angst einflößende Erinnerung festgesetzt, so dass er nicht hochgehoben werden mag. Da wird er von Null auf Hundert zum Kampfhund, was mich nicht sonderlich stört, ich kenne ihn ja. Er knurrt und fletscht gefährlich die Zähne - führt sich halt auf wie ein wilder Kampfhund, tut mir jedoch nie was. Was aber bedeutet, dass das Hochheben auf die Couch eher kontraproduktiv ist. Nachdem ich mir das stets wiederkehrende Drama eine Weile angeschaut hatte, war mir klar, dass ich da irgendeine Lösung finden musste - die mir selbstverständlich auch einfiel: Da musste dringend eine Fußbank her.

Es war keineswegs schwierig, eine zu kaufen – es wurde eher schwierig, ihm die Genialität meiner guten Absicht zu vermitteln. Erwartungsvoll stellte ich ihm das gute Stück also ans Sofa und setzte ihn zur Demonstration darauf, um ihm das Prinzip klarzumachen. Außer dem üblichen Zähnefletschen und Knurren gab es obendrein eine neue Reaktion von ihm: Er zeigte mir einen Vogel. Wirklich! Ich schwör's Ihnen! Sein Blick ließ keine andere Deutung zu.

Und dann passierte etwas reichlich Seltsames. Nachdem diese Fußbank den Sprung aufs Sofa unnötig, nämlich höchst komfortabel dank Stufe für Stufe machte, hüpfte mein Willy leichtfüßig wie ein junger Ausnahme-Athlet direkt vom Fußboden aus aufs Sofa! Die Fußbank steht mittlerweile im Keller, und Willy schafft den Sprung nach wie vor ganz locker nach oben.

Eine derartige Reaktion grenzt nahezu an eine erfolgreiche psychologische Behandlung, ir-

gendwie. Auf jeden Fall ähnelt Willys Beneh-
men eindeutig dem eines Menschen, der auf
die Weise herausgefordert wird, die ihm am
meisten Stress bereitet. Was die Schlussfolge-
rung zulässt, dass ein Hund auch nur irgendwie
ein Mensch ist ☺.

Die Sache mit den speziellen Tagen

Jetzt muss ich wirklich an mich halten, weil ich heute nur Mist verzapfe. Das fing schon ganz früh an. Kurz vorm Aufstehen hörte ich ein Geräusch von unten und dachte, Willy hustet. Doch der war still. Stattdessen war eine meiner Deko-Enten heruntergefallen. Die stehen auf der Heizung. Wahrscheinlich hat einer der morgendlichen Autofahrer die Tür so heftig zugeknallt, dass das ganze Haus gebebt hat. Nachdem ich wenig später den Hund gefüttert und gelüftet hatte, wollte ich in meinen Kaffee Milch reingießen, habe diese aber in den alten Tee von gestern Abend geschüttet, der da noch herumstand. Igitt!!! Also da dachte ich schon, das wird nicht mein Tag.

Der folgende Einkauf ging relativ zügig vonstatten. Bei Aldi kaufte ich zu den am nächsten Tag stattfindenden Allerheiligen ein Gesteck für einen Freund und wunderte mich schon, dass es nur 6,99 Euro kostete. Na gut, bis zur Kasse freute ich mich über den Preis, dann allerdings schnellte er hoch auf 12,99 Euro. Ich Plumpskuh hatte das Ding blind von einem Regal genommen, auf das es nicht gehörte. Zurückbringen wollte ich es nicht, weil dummerweise genau zu diesem Zeitpunkt ein paar Bekannte ebenfalls dort herumgeisterten - und diese Rückgabeaktion wäre mir vor ihnen zu peinlich gewesen. Außerdem hatte sich eine lange Schlange an der Kasse hinter mir gebildet. Haben wollte ich das Gesteck, also verkniff ich mir notgedrungen einen neuen Nagellack, so hatte ich die Summe fast schon wieder drin.

Auf der Heimfahrt musste ich dann nur schnell beim Friedhof anhalten, um das Gesteck auf das Grab zu legen. Und danach wollte ich mich auf dem direktesten Weg in die relative Sicherheit meiner Behausung verziehen.

Um den Weg zum Grab so kurz wie möglich zu halten, nahm ich die lebensgefährliche Kletter-tour über eine wacklige, nicht ganz offizielle Treppe in Kauf, was aber gut ging. Auf dem Friedhof selbst war es durch die vergangenen Endlos-Regenfälle mehr als moddrig, nämlich schlammig-rutschig. Mit meiner Tasche unter dem linken Arm und dem nicht nur teuren, son-dern auch schweren Gesteck in der rechten Hand versuchte ich nun, zügig in die Richtung zu marschieren, wo der Freund liegt.

"Zügig" war ich nur kurzfristig, denn nach vier ausholenden Schritten schoss ich zu Boden, und zwar so blöde mit verdrehtem Knie, dass ich erst einmal nicht hochkam. Meine Versuche, mich dann wenigstens damenhaft-elegant wie-der in die Senkrechte zu begeben, scheiterten nicht nur am verdrehten Knie und meiner Rund-lichkeit, sondern unter anderem daran, dass dieser Modder rutschig wie Eis war. Dabei fällt mir ein: Wie halten sich denn Eisläufer mit diesen dünnen Kufen auf dem Eis, wenn ich mich mit meinen bequemen flachen Schuhen nicht einmal auf normaler Erde – okay, wenn auch zugegebenermaßen sehr schlüpfriger - bewegen kann, ohne einen derartigen Fallrückzieher, wie ein allseits bekannter Fußballer hinzulegen? Aber ich komme schon wieder vom Thema ab.

Erst wälzte ich mich auf die Knie, wodurch auch die Vorderseite meiner Jeans mit modisch sicher zweifelhaft-attraktiven, erdfarbenen Flecken verziert wurde. Aber was soll's? Manche Leute, speziell ganz junge, schneiden sich sogar Löcher in die Hosen, weil es der Mode entspricht.

Wie auch immer, nun kniete ich wenigstens schon, aber meine Füße führten auf diesem glitschigen Untergrund, der sich ganz offiziell Friedhofsweg nannte, ein Eigenleben, und ich scharrte rum wie ein Huhn nach dem Eierlegen. Letztendlich robbte ich näher an einen Grabstein, hangelte mich an diesem pietätlos hoch und schlidderte wie auf Glatteis die paar Schritte bis zum richtigen Grab. Dort schmiss ich dann eher das Gesteck hin als dass ich es feierlich niedergelegte, sprach aber wenigstens noch wie gewohnt ein kurzes Gebet. Allerdings dieses Mal mit der Zusatzfrage: "Hast du gesehen, welch glanzvolle gymnastische Leistung ich hier exklusiv für dich veranstaltet habe?!"

Ohne einen weiteren Unfall wieder am Auto angekommen, versuchte ich angestrengt, jedoch ziemlich erfolglos, meine mit moddriger Erde total verkleisterten Schuhe wenigstens sohlenmäßig zu reinigen und bin dann – netterweise ebenfalls unfallfrei - nach Hause gefahren. Ein Gutes hatte die Angelegenheit: Erst wollte ich meine apricotfarbene Lederjacke anziehen, habe dann aber doch die dunkelbraune Stoffjacke

genommen. Die Lederjacke hätte ich jetzt weg-
schmeißen können, oder ich wäre dank des
glatten Leders zusätzlich noch wie eine eingeöl-
te Rakete an den anderen Gräbern vorbeige-
flutscht.

Wie ich schon sagte, es war nicht mein Tag.

Seitdem grübele ich allerdings, ob das eine besondere Bedeutung hat, wenn man genau vor
einem Grab auf den Boden donnert. So ganz
wohl ist mir bei dem Gedanken nach wie vor
nicht.

Ach ja, meine Freundin hat später am Telefon
so fröhlich wie passend festgestellt, ich hätte ja
noch Glück gehabt. Schließlich hätte ich mit
dem Kopf auch höchst unsanft auf dem Grabstein landen können. In der Tat wäre das für
mein Haupt ganz und gar nicht gesund gewesen – obwohl: Damit hätte ich etliche Wege ab-
gekürzt, weil ich meinen letzten Ruheplatz auf
diese Weise bereits dank einer exakten Punkt-

landung gefunden hätte. Nein, keine gute Idee, so abrupt aufgeräumt dann bitte doch nicht!

Die Sache mit dem Regal

Sieben Bretter, 28 Schrauben, eine Frau und nur zwei Arme - irgendetwas passt da nicht, ist zu viel oder zu wenig. Dieses ist nur die leicht verzweifelte Beschreibung des Zwischenergebnisses meiner nun folgenden Sucht-Geschichte. Jeder kann sich bestimmt vorstellen, wie es ist, wenn man auf Entzug ist. Entzug von Kaffee, von Süßigkeiten, Urlaub oder Zigaretten. Kaffee, da kann man schnell Abhilfe schaffen, Süßigkeiten, da wird es schon schwieriger. Diese Heißhungerattacken sind einfach gemein, gemein für die unaufhörlich, schwer verteidigte Linie.

Von Zigaretten brauche ich gar nicht zu reden. Die Raucher wissen nur zu genau, was ich meine. Allzuoft sehe ich sie mit diesem speziellen "Zigarettenblick" aus Geschäften, Bahnen, Arztpraxen oder Theatern hecheln. Manchmal geht es zu wie auf der Autobahn: Auf der linken Spur wird überholt, und was auf der Autobahn die Lichthupe ist, sind bei Rauchentzug die Rempler. So schnell wie möglich raus an die frische Luft, um diese dann gründlich vernebeln zu dürfen. Oh ja, ich weiß, wovon ich rede. Früher habe ich ebenfalls geraucht, befand mich demzufolge also auch ständig auf der linken Überholspur. Dann habe ich es mir aus verschiedenen Gründen von einem auf den anderen Tag abgewöhnt - und lasse mich nunmehr mit größtem Verständnis meinerseits anrempeln.

Meine jetzigen Entzugserscheinungen beschränken sich lediglich … auf Regale. Ja, Sie haben richtig gelesen, Regale. Wenn die Zeit reif ist, dann muss unbedingt ein neues Regal her. Heute war es unvermittelt wieder so weit. Ein kleines sollte es nur sein - und nur zur Zierde, weil mir plötzlich ein bestimmtes Stückchen

Wand bei einem aufmerksamen Rundblick durch meine Küche gar so bedauernswert leer und verlassen vorkam.

Der Baumarkt ist nicht allzu weit entfernt, und eine halbe Stunde später stand ich erwartungsvoll in der Abteilung mit diesen wundervollen, geradezu umwerfend schönen Regalen. Ein freundlicher Verkäufer half mir bereitwillig, obwohl er noch gar nicht im Dienst war, aber man kennt mich zwischenzeitlich dort und begrüßt mich manchmal bereits mit Handschlag. Das sollte mir allerdings eher zu denken geben als stolz darüber zu sein.

Es dauerte nicht lange, bis meine Sehnsucht Wirklichkeit wurde: die Mitnahme von realen begehrenswerten sieben Brettern und die dazupassenden 28 Schrauben. Zu Hause verstaute ich die nebenher erstandenen restlichen Einkäufe nur flüchtig, denn schließlich hat so ein Regalaufbau unbedingten Vorrang. Frohgemut machte ich mich ans Werk. Das Prinzip war mir bekannt. Erst holte ich mir einen passenden Inbusschlüssel und legte alles zurecht. Ha, die Herstellerfirma hatte voll den Durchblick, ein Inbusschlüssel lag sogar dabei. Nun hatte ich schon herrliche zwei davon.

Eifrig machte ich mich ans Werk, kam allerdings bereits bei der ersten Schraube in tiefes Stirnrunzeln. Die wollte einfach nicht rein. Doch so schnell lässt sich frau ja nicht aus der Ruhe bringen. Erst einmal drehte ich fast alle Schrauben ein bisschen rein, wegen der Stabilität. Dann merkte ich, dass ein Regalboden verkehrt herum drin war, also alles wieder auseinandergeschraubt und von vorne angefangen.

Als es dann an die zweite Phase des Schrauben-Versenkens ging, musste ich feststellen, dass die Schrauben sich hartnäckig weigerten, überhaupt nur den Bruchteil eines Millimeters weiter zu wollen. Unter Aufbietung all meiner

Kräfte versuchte ich, diese widerspenstigen Dinger tiefer ins Holz zu treiben … Doch absolut nichts, rein gar nichts tat sich. Mir schwante, dass ich tatsächlich die Löcher nachbohren musste, was ich herzlich gerne vermieden hätte. Denn was kommt vor dem Nachbohren der Löcher? Jawohl, die Schrauben mussten alle wieder heraus.

Meine Regal-Euphorie befand sich in direktem Steilflug nach unten, nämlich gen rauer Wirklichkeit. Ich verfluchte mich selbst, dass ich dem mir wohlbekannten Entzug nachgegeben hatte. Die Schrauben saßen nämlich nun doch schon durch meine puren Verzweiflungskräfte einigermaßen fest, aber halt nicht tief genug, um die Bretter zusammenzuhalten. Ohne die segensreiche dementsprechende Einstellung meiner Bohrmaschine zum Entfernen von Schrauben wäre ich aufgeschmissen gewesen. Als ich diese Fleißarbeit endlich geschafft hatte, ging natürlich die Suche nach einem passenden Holzbohrer los.

Dabei wurde mir eines so unmissverständlich wie dringend klar: Erst brauchte ich unbedingt einen Kaffee, denn nachdem sich der eine Entzug so sang- und klanglos verabschiedet hatte, machte sich der andere Entzug energisch bemerkbar.

Irgendwann - das Chaos war mittlerweile unbeschreiblich, jedoch komplett, dabei hatte ich die Küche am Tag vorher gründlich geputzt - fand ich den richtigen Holzbohrer, bohrte gewissenhaft alle Löcher nach und fing - Sie ahnen es schon - von vorne an. Ungefähr zwei Stunden später war das Regal fertig, meine Gerätschaften samt dem Staubsauger waren wieder verstaut, alles war sauber und aufgeräumt. Erleichtert seufzte ich auf. Mein Regal-Entzug war gestillt, aber merkwürdigerweise durfte ich mich nun mit höchst erstaunlichen Folgen auseinandersetzen: Bis jetzt wusste ich immer exakt, wie viele Bandscheiben ich habe. Ab diesem intensiven Handwerker-Nachmittag sind es ein paar mehr. Ganz bestimmt, ich kann sie genau fühlen, ehrlich!

Die Sache mit meinem Opa

Mein Opa war der liebste Mensch auf der Welt, der mich und meine Schwester fürsorglich durch die Kindheit begleitet hat, der uns beide be- und unterstützt hat. Der nie ein böses Wort zu uns Kindern sagte.

Als wir dann schon etwas älter waren und aus der Schule kamen, machte er mit uns Hausaufgaben, streng, aber liebevoll. An heißen Sommertagen gingen wir mit ihm ins Schwimmbad, und er saß Stunde um Stunde mit einem kleinen Bier auf einer Bank und bewachte unsere teils ausgelassenen, teils atemlosen und unerfahrenen Schwimmversuche. Allein für diese Geduld bin ich ihm heute noch dankbar. Ohne ihn hätten wir ja nicht gehen dürfen.

An jedem Abend des 6. Dezembers lagen wir im Bett, ängstlich und gleichzeitig sehnsüchtig hoffend, dass sich der Nikolaus zu uns verirren möge. Und dann ging wirklich regelmäßig vor unserer Wohnungstüre ein dröhnendes Geschepper los, das uns heilige Furcht einjagte. Aber es lag hinterher wunderbarerweise immer etwas für uns Kinder dort. Erst viele Jahre später erfuhren wir, dass das unser Opa war, der sowohl mit zwei Topfdeckeln diesen Höllenlärm veranstaltet als auch die Geschenke hingelegt hatte.

Mein Opa spielte Geige. Zu einem Weihnachtsfest, kurz nach dem Krieg, gab es als einziges Geschenk für die ganze Familie eine neue Fußmatte. Als wir aus der Kirche kamen, stand mein Opa auf dieser Fußmatte und spielte auf seiner Geige "Stille Nacht". Das weiß ich zwar lediglich aus Erzählungen, aber ich bekomme regelmäßig eine Gänsehaut vor Rührung, wenn ich mir das nur vorstelle.

Und dann gab es manchmal die Abende, an denen es unabänderlich war, dass wir für irgendetwas büßen mussten, was wir tagsüber ausgefressen hatten. Eine der Strafen war, dass uns Kindern das Abendessen gestrichen wurde. Aber immer, wirklich immer, stahl sich unser Opa später unbemerkt in unser Zimmer und schummelte etwas zu essen zu uns hinein.

Außerdem rauchte mein Opa Zigarren. Nach dem Krieg, als es wirklich nichts gab, schon gar keinen Tabak, hatte mein Opa in seinem Garten Tabakpflanzen angebaut. Die Blätter hingen dann über dem Herd in der Küche zum Trocknen. Einmal war der Ofen wohl zu heiß, und die ganze Angelegenheit fing an zu brennen. Aber das Ganze ging glimpflich aus. Außer, dass die Blätter letztlich nur angekokelt, heftig gequalmt und eigentlich ganz gut gerochen haben, war nichts weiter passiert. Allerdings musste meine Mutter ihrem Schrecken mit intensivem Schimpfen Luft machen, was für uns damals viel schlimmer war.

Warum ich gerade jetzt daran denke? Mir ist aufgefallen, dass ich beim Schreiben – vor allem von meinem Weihnachtsbommel, dem kleinen Bären - immer ein Bild im Kopf habe: Mein Opa, der an meinem Bett saß, wenn ich krank war, und mir stundenlang aus einem Kasperlebuch vorgelesen hat. Somit ist meine Schreiberei auch eine Hommage an diesen wunderbaren Mann.

Er ist sehr alt geworden, mein Opa, aber jetzt doch schon fast 50 Jahre tot. Jedesmal wenn ich sein Grab besuche, spüre ich diesen unersetzlichen Verlust und vergieße nach wie vor Tränen darüber. Nie mehr in meinem Leben habe ich mich so beschützt gefühlt.

Danke Opa, von mir wirst du nie vergessen werden. Du lebst für immer in meinem Herzen.

Die Sache mit dem Umzug

Man könnte meinen, umzuziehen wäre ein Hobby von mir. Vor drei Jahren habe ich meinen zehnten Umzug geschafft. Jetzt sind es voraussichtlich nur noch zwei, einmal ins Altersheim und dann noch einen letzten, na, Sie wissen schon wohin ...

Aber einer meiner schlimmsten Umzüge war der von München nach Hamburg. Das Umzugsunternehmen war überhaupt nicht vorbereitet, von den viel zu wenig gelieferten Kartons ganz zu schweigen. Die mussten dann mühevoll und in Blitzeseile von einem anderen Münchner Umzugs-Unternehmen besorgt werden. Was uns aber unvermutet nachhaltig traf war, dass von den drei Umzugsleuten einer unablässig jammerte, er hätte eine Tierhaarallergie. Speziell auf Katzen reagiere er überaus empfindlich.

Innerhalb dieses ganzen Umzugsstresses interessierte mich das wirklich nur am Rande bis gar nicht. Ja, Schande über mich. Sollte ich etwa unsere zwei Katzen wegzaubern – und mit ihnen auch gleich noch das Rentierfell, das eine Wand zierte und das mir meine Söhne eigenhändig aus Norwegen mitgebracht hatten?

Seltsamerweise hielt sich der Tierhaarallergiegeplagte unverdrossen in meiner Nähe auf. Offensichtlich erhoffte er sich von dem einzigen weiblichen Wesen im Haus schützenden und/oder ärztlichen Beistand. Allein der Gedanke war mir aber gerade restlos abhandengekommen, um nicht zu sagen, es war mir absolut egal, ob da jemand nieste oder nicht. Auf sein zunehmend lauter werdendes Gejammer reagierte ich nicht, und so legte er finster entschlossen die Arbeit nieder und erklärte, dass er unter solch erschwerten Bedingungen auf gar keinen Fall mehr arbeiten könne.

Gebucht war eigentlich ein Komplett-Umzug. Was soll ich Ihnen lange erzählen? Die Einzigen die wirklich schufteten, waren wir, die Familie selbst. Die Stunden verrannen, der LKW wurde beladen und immer voller - und das Haus immer leerer. Schließlich war unser Hab und Gut im Laster verstaut, und der Umzugswagen fuhr los.

Doch nun stand noch die dringende Reinigung und die Übergabe des Hauses bevor. Während des Putzens schwächelte ich schon massiv, weil ich solch harte körperliche Arbeit durch meinen Bürojob nicht gewohnt war. Glücklicherweise erbarmte sich eine Nachbarin meiner und unterstützte mich sowohl segensreich als auch tatkräftig.

Nun musste nur noch der Hauswirt zur Abnahme des Hauses auftauchen, ein ziemlich unguter Mensch, der bestimmt ein Haar in der Suppe finden würde.

Da er keine Ahnung von den Katzen hatte und sie auch gar nicht bekommen sollte, mussten wir vorher rechtzeitig die beiden Tiger mit ihren Körben im Auto verfrachten, was sie nach anfänglichem wütenden Maunzen schicksalsergeben über sich ergehen ließen. Der Hauswirt erschien wenig später und prüfte alles sehr gründlich und misstrauisch. Seinem Gemecker, da stünde noch eine Schachtel auf dem Speicher, setzte wiederum unser Nachbar ein energisches "Das übernehme ich schon" entgegen, und letztendlich waren wir huldvoll entlassen.

Von den ganzen ungewohnten Strapazen waren wir schon dermaßen erledigt, dass wir eigentlich nur noch ins Bett wollten. Aber unsere Betten standen auf dem Möbelwagen, und wir würden sie erst wieder nach achthundert Kilometern sichten. Und dann waren sie garantiert noch nicht aufgebaut. Alles Wunschdenken von einem erholsamen Nickerchen nützte nichts -

wir mussten auf der Stelle mit dem Auto nach Hamburg fahren. Dort würden zumindest unsere Söhne, die wir vorsichtshalber vorausgeschickt hatten, parat stehen, um die Möbel in Empfang zu nehmen.

Wenn man jung ist, können einen völlige Erschöpfung und achthundert Kilometer Autobahn sowieso nicht erschrecken. Also ein letzter Blick auf unsere Lebensabschnittsbehausung geworfen - und schon waren wir auf dem Weg gen Norden. Mein damaliger Lebensabschnittsbegleiter saß am Steuer, weil mir bereits im Stehen die Augen zufielen, geschweige denn im Sitzen.

An dieser Stelle möchte ich an die zwei Katzen erinnern, die hoch oben in ihren Transportboxen auf einigen Koffern thronten und uns teils empört, teils leicht verstört anfunkelten. Mit zu der gesamten Ladung gehörte eine Katzentoilette, die ebenfalls in Reichweite auf dem Kof-

fergebirge verankert war. Denn auch die diszi-
plinierteste Katze muss halt ab und zu mal.

Gleichzeitig mit dem Anlassen des Motors begann ein durchdringendes Protestgeschrei von
Jonny, was wahrscheinlich "Hilfe, Entführung!"
bedeuten sollte.

Wenigstens wurden wir nicht von besorgten
Tierschützern aufgehalten, konnten also endlich
losfahren. Meine Augen waren eh schon zu.
Aber nach einer kurzen, tiefen Ohnmacht
schreckte ich hoch. Denn mir geisterte durch
mein Oberstübchen, dass der Liebste aller
Wahrscheinlichkeit nach ebenfalls sanft ent-
schlummern würde, wenn ich ihn nicht bei Laune, also wach hielt.

So fuhren wir Kilometer um Kilometer, und ich
beobachte angespannt seinen Wimpernschlag,
weil ich mal gelesen hatte, dass sich kurz vor
dem Einschlafen der Wimpernschlag drastisch
erhöhen würde. Nebenbei versuchte ich durch

ständiges Gebrabbel sein Interesse zu wecken, was mir jedoch anscheinend nicht so recht gelang, wie sich kurze Zeit später herausstellte. Das unaufhörliche Gequietsche von Jonny hatten wir nach einigen Kilometern schlicht in unser Unterbewusstsein abgeschoben, denn sämtliche beruhigenden Worte hatten nichts genutzt. An einem pausenlosen Geräuschpegel fehlte es also nicht, denn ich gab mir zusätzlich wirklich redlich Mühe, Jonny zu übertönen.

Bis in die Gegend von Kassel kamen wir - da fiel mir auf, dass die Augen des Fahrers mittlerweile länger zu als auf waren, und ich schrie hektisch: "Halt sofort an!" Kurzzeitig wurde der Liebste wieder wach und das glücklicherweise rechtzeitig vor einem Autobahn-Parkplatz, der sich noch dazu idealerweise als vollkommen leer herausstellte. Wir fütterten die Katzen und ließen sie dann an der Leine im Freien aufs Töpfchen, was auch prima klappte. Danach versuchten wir, uns auf unserem jeweiligen Übernachtungssitz in eine bequeme Schlafhaltung zu bringen. Bei der Gelegenheit möchte ich noch mal in Erinnerung bringen: Es handelte sich um ein ganz normal großes Auto - beladen bis zum Anschlag, mit zwei nun herumturnenden Katzen und zwei Erwachsenen, die keineswegs so dünn waren, dass sie beim Duschen hin- und herspringen mussten, um einen einzigen Wasserstrahl zu erwischen.

Wir kamen also sehr schnell zu der Erkenntnis, dass das Innere des Wagens für eine relativ entspannende Nachtruhe viel zu voll war. Wir mussten die Sitze wenigstens nach hinten schieben können, irgendetwas musste raus. Als Erstes stellten wir die leeren Katzenkörbe ordentlich draußen neben die Autotür, was aber innen nicht sehr viel Platz brachte. Zügig gesellten sich unsere diversen Koffer dazu und alles, was irgendwie rasch greifbar und entbehrlich war. Jetzt konnten wir uns wenigstens in eine einigermaßen stabile Seitenlage bringen, worauf uns die Augen in Sekundenschnelle zufielen.

Nein, das stimmt nicht ganz, vorher riefen wir noch die Söhne an, um unsere leicht verspätete Ankunft für nächsten Morgen anzukündigen. Um die Katzen kümmerten wir uns nicht weiter, raus konnten sie nicht, und sie würden zwischen dem Tohuwabohu schon ein gemütliches Plätzchen finden.

Als wir aus unserem erschöpften Tiefschlaf auftauchten, war es sonniger Morgen. Die Katzen thronten beide auf der Rückbank und den diversen Gegenständen, die wir nicht ausgelagert hatten, und beobachteten völlig irritiert ihre sonst im Auto doch meistens hellwachen menschlichen Dosenöffner. Als wir die Augen endlich komplett offen hatten und uns langsam orientierten, erblickten wir mit nun schlagartigem Entsetzen einen total besetzten Parkplatz. So schnell, wie wir die Katzen einmal herumgeführt, gefüttert und sowohl sie als auch alles Übrige wieder ins Auto geschichtet hatten, hätte uns das bestimmt eine Weltrekordnominierung (für was auch immer) eingebracht. Ich möchte ja nicht wissen, wie viele Fotos von unserer seltsamen Übernachtungsidylle gemacht worden waren. Einem sorgfältig abgestellten Auto mit schlafenden Insassen auf einem öffentlichen Autobahn-Parkplatz und ordentlich drum herum platzierten Koffern, Schachteln, zwei Katzenkörben und so allerlei mehr … begegnet man schließlich nicht alle Tage. Später fiel uns dann erleichtert auf, dass niemand Hand an unser Eigentum gelegt hatte – toll! Wenigstens waren wir jetzt nicht mehr müde und freuten uns auf unser neues Zuhause. Wir schwelgten in der Vorstellung, in unseren bequemen Betten zu liegen und vorher gemütlich im Wohnzimmer

Kaffee zu trinken. Ja, ja, Träume sind einfach was Schönes – und oft Schäume. Selbstverständlich begann Jonny beim Starten des Motors sofort wieder mit seiner Protestarie, die ihm aber nichts nützte. Schließlich mussten wir irgendwann mal mit Sack und Pack im Norden ankommen.

Drei Stunden später landeten wir – glücklicherweise bei trockenem Wetter - in Hamburg. Denn unsere Möbel waren zwar am Morgen ordentlich ausgeladen worden – aber standen alle traut vereint im Garten, weil die Kinder nicht wussten, was wohin gestellt werden sollte. Doch wir hatten ja mindestens vier Stunden höchst bequem im Auto geschlafen, waren heute Morgen nur durch halb Deutschland geschaukelt und hatten natürlich bei diesen erholsamen Tätigkeiten die nötigen Kräfte für die nächste Schlepperei gesammelt. Dachte sich garantiert der Katzenallergiker, der uns erfrischenderweise treu blieb, allerdings nur, was das Jammern betraf. Mir ist nicht mehr bekannt, was und ob er überhaupt irgendetwas getan hat. Mir ist nur in Erinnerung geblieben, was **wir** getan haben …

Und weil's uns ja offensichtlich so viel Vergnügen bereitet hatte, sind wir ein paar Monate später wieder umgezogen. Doch **den** Umzug veranstalteten wir nach den vorangegangenen diesbezüglichen Erlebnissen in weiser Voraussicht in Eigenregie. Dabei waren halt auch nur zwölf Kilometer Entfernung zwischen dem alten und dem neuen Wohnort zu bewältigen. Das war definitiv unkomplizierter zu organisieren als der München-Hamburg-Umzug.

Die Sache mit dem Freischwimmer

Zu der Zeit, als meine Schwester und ich im sehr speziellen, weil meistens unerträglichen, Teenageralter waren, durften wir aus dem tiefsten Bayern zu Bekannten nach Hannover fahren. Das war eine Aufregung! Hannover kam damals in unseren Augen einer Reise zu den Niagarafällen gleich. Also entfernungs- und abenteuermäßig. Was das Wasser angeht, so kann Hannover zwar nur mit dem Maschsee dienen, aber der ist auch sehr schön.

Auf dem Maschsee kann man Boot fahren und natürlich auch drin schwimmen. Zuerst wollten wir unsere Sportlichkeit unter Beweis stellen und mieteten uns kurzentschlossen jede ein Kajak. Umständlich kletterten wir hinein - viel Platz ist in so einem Ding ja nicht - und griffen nach dem jeweiligen Doppelpaddel. Meine Schwester ist älter und auch sportlicher, was im

Klartext heißt: Nachdem sie sich vergewissert hatte, dass ich nicht gleich unterging und ich mit dem ungewohnten Boot einigermaßen zurechtkam, entfernte sie sich in atemberaubender Geschwindigkeit.

Bei mir dauert es immer etwas länger, bis ich mich mit den verschiedensten sportlichen Tätigkeiten – vor allem in dem Fall mit dem Paddeln - angefreundet habe. Also paddelte ich zuerst mal vorsichtig vor mich hin und wollte dann zu dem Versuch ansetzen, meine große Schwester einzuholen. Doch nachdem sie nicht mal mehr als kleiner Punkt zu sehen war, musste ich die Aussichtslosigkeit meines Plans eingestehen und entschied stattdessen, keine Hektik aufkommen zu lassen.

Meine Freude darüber, dass ich mit dem Ding bisher nicht mal umgekippt war, war überwältigend. Und so schaufelte ich mich vergnügt vorwärts, frei nach dem Motto: Nur keinen

Stress. Ab und zu hörte ich ein merkwürdig heiser klingendes Geräusch, das aber weit weg war und mich nicht im Geringsten interessierte. Paddeln war einfach schön. Ich hatte ein neues Hobby entdeckt und überlegte bereits, welche Flüsse es bei uns in den Bergen gab, auf denen ich mich mit diesem idealen, schnittigen Wasserfahrzeug fortbewegen könnte.

Jenes seltsame heisere Geräusch drang erneut an mein Ohr, mir schien es etwas lauter geworden zu sein. Aber was sollten mich hier schon irgendwelche Geräusche angehen? Plötzlich ertönte fast direkt neben mir eine dermaßen laute Hupe, dass ich vor Schreck fast eine Eskimorolle - oder wie das Ding in Kajak-Kreisen heißt - hingelegt hätte. Und da endlich schaute ich auf und sah mich frontal mit dem Bug eines für mich in dem Moment gigantischen Ausflugsdampfers konfrontiert. Automatisch nahm ich wahr, dass auf diesem Dampfer irgendwer wild gestikulierte und die Hup-Lautstärke noch mal anschwoll. Der Schreck und die Peinlichkeit verliehen mir ungeahnte Kräfte, und ich stieß das Doppelpaddel mit einer Wucht und Schnelligkeit wie ein Profi (so kam's mir wenigstens vor) ins Wasser, um von diesem mörderischen Seeungeheuer Abstand zu gewinnen und nicht untergepflügt zu werden.

Es gelang mir um Haaresbreite. Mir wehte geradezu der Atem der Vernichtung ins Gesicht. Das war wirklich knapp gewesen. Ganz deutlich konnte ich die begeistert grinsenden Gesichter der Ausflügler erkennen, die das offensichtlich für eine arrangierte heiter-komische Programm-Einlage des Dampfer-Betreibers hielten. Ich fühlte allmählich mein Blut wieder in mein Gesicht zurückkehren, während ich mich zügig, jedoch nicht mehr ganz so überstürzt in Richtung rettendes Ufer und Bootsverleih voranschaufelte. Merkwürdigerweise hatte sich meine Vorstellung, jemals in den heimatlichen Berg-Flüssen paddeln zu wollen, schlagartig verflüchtigt.

Eine halbe Stunde später kam meine Schwester ebenfalls zum Bootsverleih zurück - quietschvergnügt und voller Freude über ihre herrliche Kajak-Fahrt über eine wundervoll unbelebte Strecke ... Speziell ich war nun allerdings nicht mehr gar so scharf auf eine erneute Paddel-Runde. Aber es war heiß, der Tag war noch jung, und so beschlossen wir einträchtig, entspannt schwimmen zu gehen.

Am dementsprechenden Badesteg nahm gerade ein Bademeister einigen Jugendlichen die Freischwimmerprüfung ab. Das brachte uns spontan auf die Idee, dass es eine Super-Sache wäre, wenn wir dieses tolle Abzeichen zu Hause vorzeigen könnten. Der Entschluss war sofort einmütig gefasst, und wir meldeten uns unverzüglich an.

Jetzt muss ich kurz auf die damalige Haarmode zu sprechen kommen. Meine Haare waren, soweit ich mich erinnere, kurz. Meine Schwester hatte auf jeden Fall damals ihre Hochsteckphase. Da mussten diejenigen, die sich genau für diesen Zweck die Haare hatten wachsen lassen, dringend alle durch. Schließlich trug die persische Kaiserin Farah Diba ihre Haare in dieser Art, was weltweit dazu führte, dass sich sowohl junge Mädchen als auch reifere Damen die Haare dementsprechend hochsteckten, also zur modischen "Farah-Diba-Frisur" toupierten. Nun gibt es natürlich die verschiedensten Haartypen – von der Pferdemähne angefangen bis zu seidenweichen, dünneren Gebilden. Es gab aber reichlich Rat und Tipps zum kunstvollen Aufbau dieser Frisur für jeden Haartyp. Die Industrie war schon immer sehr erfinderisch.

Für den dünnen, seidenartigen "Haar-Fall" boten die Friseur-Salons und Drogerien damals

"Polsterungen" an, die wie zu groß geratene, dicke platte Knödel aussahen. Elegant verpackt in einem Haarnetz steckten sich Damen mit leicht schütterem Haar das ungemein schmückende Accessoire auf dem Kopf fest, drapierten kunstvoll die Haare drüber, und schon konnte die Haardichte und damit die Frisur in etwa als die der persischen Kaiserin durchgehen. Ich hätte dieses Haarteil selbst bei längeren Haaren nicht benötigt, weil ich eher zur Rosshaarfraktion gehöre. Doch meine Schwester nannte so ein Exemplar ihr Eigen und fabrizierte es sich auch täglich in die etwas fehlende Fülle ihrer Haare.

Wir stiegen also die schmale Leiter vom Steg hinunter, ließen uns ins Wasser gleiten und fingen an zu schwimmen. 15 Minuten waren gefordert, ohne sich irgendwo festzuhalten. Das war für uns nicht allzu schwierig, und wir erledigten diese Aufgabe mit Leichtigkeit. Das Abzeichen war in greifbare Nähe gerückt. Als wir die Leiter wieder hochgeklettert waren, eröffnete uns der Bademeister, dass wir nun noch vom Steg aus ins Wasser springen müssten, erst dann hätten wir das Freischwimmer-Abzeichen geschafft.

Wie gesagt, die Sportlichere von uns zweien war und ist meine Schwester, und selbstverständlich sprang sie als Erste, ich aber gleich hinterher. Als ich prustend und Wasser spuckend wieder auftauchte, strampelte meine Schwester bereits fröhlich vor mir herum, bot dabei aber einen gar seltsamen Anblick. Ihr nun pitschnasses Haar baumelte in ein paar traurig-schmalen, triefenden Grüppchen um ihr Gesicht, und der mehrfach festgesteckte Knödel auf ihrem Haupt prangte stolz und erhaben auf ihrem Oberkopf. Ihr Aussehen war einfach göttlich. Mein atemlos-gackernder Hinweis auf ihre im wahrsten Sinne des Wortes umwerfende

"Frisur", begleitet von einer nicht zu unterdrü-
ckenden, heftigen Lachsalve, ließ meine
Schwester erst einmal blitzartig erneut unter-
tauchen. In aller Eile und Wasser tretend entfernte sie den Knödel, was zumindest ihren
Kopf "normal-nass" aussehen ließ. Kurz danach
konnten wir stolz unsere Ausweise in Empfang
nehmen, ignorierten dabei aber geflissentlich
die belustigten Blicke der anderen und flüchte-
ten auf direktestem Wege zum nächsten Föhn
und vor einen Spiegel, um die Frisur letztlich
doch wieder etwas kaiserlicher zu gestalten.

Die Sache mit den besonderen Tagen

Also ich sag's Ihnen, man lebt manchmal echt gefährlich. Donnerstag, Schneechaos im Anmarsch und Putztag - schlimmer kann es eigentlich nicht mehr kommen. Ein Trugschluss. Glauben Sie mir, es kann!

Nachdem ich gerade das Bad auf Hochglanz geputzt hatte und mich anderen Sachen zuwenden wollte, überkam mich dieses gewisse menschliche Rühren. Klar, so was ist völlig normal. Also begab ich mich erneut in das besagte, auf Hochglanz gewienerte Bad oder den Kachelraum oder Tante Lu oder wie immer man das stille Örtchen bezeichnen mag.

Es war auch nahezu normal, dass das Toilettenpapier wieder mal alle war. Für solche Fälle hatte ich natürlich in weiser Voraussicht gesorgt. Einige Ersatzrollen waren griffbereit in einer Klemmvorrichtung innerhalb eines ansons-

ten mit allerlei hübschen Kleinigkeiten vollbe-
setzten Regals hinter der Toilette deponiert. Also kein Problem. Ich langte mit einer geübten
Armbewegung hinter mich, um eine neue Rolle
runterzufischen. Natürlich drehte ich mich nicht
um oder sah gar hin. So einen Griff hatte ich
schließlich oft genug getätigt. Doch diesmal
verkantete sich die Rolle – und löste durch mein
kurzes Ruckeln etwas aus, was ich wahrhaftig
nicht als wünschenswert empfand: Das Regal
begnügte sich nämlich nicht mehr damit, eine
einzelne Rolle zu spendieren, sondern kam mir
eilfertig im Ganzen entgegen. Von unangeneh-
mem Knirschen begleitet knallte es mit seiner
vollen Breitseite vorneüber auf meinen Rücken.
Da thronte ich nun leicht zusammengefaltet und
reichlich unelegant auf einem gewissen Örtchen mit einem Regal und seiner Ausstattung
im Rücken. Gott sei Dank bin ich nicht so
schlank, dass ich durch die Wucht des Aufpralls

im Abfluss verschwunden wäre. Auch schützte es manche Gegenstände, auf direktestem Weg in der Kanalisation zu verschwinden. Manchmal haben Rundungen ihren großen Vorteil und einen tieferen, nämlich sehr praktischen Sinn.

Als Erstes krachte der frisch gegossene Blumentopf auf den Fußboden, zielsicher verfolgt von einem großen Stapel frisch gewaschener Handtücher und sonst noch so allerlei Krimskrams, den kein Mensch wirklich braucht, der aber nett aussieht. Weil aber die Handtücher durch ihre Fluguntüchtigkeit keineswegs auf den leider weit entfernten unberührten sauberen Bodenflächen landeten und die sorgfältig gerade gewässerte Blumenerde auch nicht freiwillig im Topf blieb, verbrüderte sich nun der gesamte Regal-Inhalt auf dem Boden rings um mich herum mit diesem herrlichen schwarzbraunen, schmierigen Erd-Wasser-Gemisch und saugte sich genüsslich voll. Der flüssige

Rest des wundervollen Erd-Gemischs versickerte in bis dato noch nie gesichteten Ritzen und Nischen. Die übrige in Mitleidenschaft gezogene Einrichtung samt den Bad-Vorlegern, die selbstverständlich ebenfalls an der Party teilnahmen, möchte ich nur kurz am Rande bis gar nicht erwähnen.

Das Regal musste also wieder aufgerichtet und befestigt werden - was allerdings eine meiner leichtesten Übungen war. Meinen wehrhaften Rücken in die Senkrechte zu bringen, war nicht ganz so einfach. Das Bad wiederum bedurfte nun im Besonderen und Allgemeinen einer erneuten kompletten Putzaktion. Mein persönliches Launebarometer hatte sich in die abgrundtiefsten Tiefen verabschiedet, will sagen, ich hätte mit meiner Laune spielend den Fußboden küssen können – wenn der nicht so dreckig gewesen wäre. Also, wie gesagt, alles von vorne. Danach musste ich mich dem Stoß der neuen schmutzigen Wäsche widmen. Zu diesem Zweck begab ich mich mit meiner Last in den Keller und sandte vor der Waschmaschine ein Stoßgebet an den Heiligen der Waschmaschinen - wie auch immer der heißen mag - in den Technik-Himmel. Die Maschine hatte am Morgen nämlich bereits mal kurz einen verdächtigen Aussetzer gehabt. Das Stoßgebet schien dem Waschmaschinen-Heiligen jedoch gefallen zu haben – wenigstens dieser erzwungene zusätzliche Waschgang verlief ohne unliebsame Zwischenfälle.

Eines ziehe ich seitdem allerdings ernsthaft in Erwägung und werde es bei Bedarf hoffentlich nicht vergessen: Wenn ich das nächste Mal das Bad geputzt habe und hinterher mal muss, gehe ich vorsorglich mit einer im Blickkontakt rausgenommenen frischen Klopapierrolle … in den Wald. Das ist bestimmt ungefährlicher.

Die Sache mit den Busenbändigern

Heutzutage sagt man shoppen, wenn man schlicht und ergreifend einkaufen geht. Aber es muss seit etlicher Zeit ja alles möglichst amerikanisch klingen, das hat was, das ist "in".

Nun gibt es Paare, die kleben während des ganzen Shoppings unaufhörlich zusammen, will sagen, sie verlieren sich nicht aus den Augen.

So war das bei uns ganz und gar nicht, damals vor Urzeiten. Mein Partner ging mir ab und zu mal verloren, was da heißt, er verschwand plötzlich hinter einem Regal oder in einem anderen Gang. Selbstverständlich ohne Vorankündigung. Nun sollte man ja meinen, dass diese Angewohnheit in meinem Oberstübchen Erkennungsspuren hinterlassen hätte. Ein Trugschluss.

Es begab sich eines Tages, dass ich bei einer Shoppingtour in einem riesigen Kaufhaus meinen Partner in meiner unmittelbaren Nähe wähnte, mich - in Gedanken völlig woanders - geschäftig bei ihm unterhakte und verkündete: "Komm, jetzt gehen wir mal zu den Büstenhaltern." Um dem Ganzen den nötigen Nachdruck zu verleihen, zog ich ihn energisch zur Rolltreppe. Die Tatsache, dass da aber so gar keine Reaktion, ja, sogar ein gewisser Widerstand kam, ließ meinen Blick stirnrunzelnd in seine Richtung schweifen.

Nun ist eine Frau bekanntermaßen multitaskingfähig, kann also mehrere Sachen gleichzeitig erledigen. In diesem Fall stolperte ich gleichzeitig mit zwei großen Schritten zurück, stieß einen spitzen Schrei aus, der blitzartig in ein unartikuliertes Gestammel überging, und entfernte mich düsentriebartig unter einigen unverständlichen, da atemlos gemurmelten Entschuldigungen. Das alles zusammen in einer Nano-Sekunde. Da hatte ich mir doch glatt jemanden gegriffen, den ich erstens nicht kannte - aber schon so was von überhaupt nicht -, und der zweitens mich offensichtlich nicht verstand, weil er türkischer Abstammung war.

So schnell, wie ich die Rolltreppe enterte, fährt normalerweise nur ein Blitz vom Himmel herunter. Zu allem Überfluss stand ein Stockwerk höher mein breit grinsender Partner, der das alles höchst amüsiert verfolgt hatte. Auf weiteres Shopping, vor allem in der Abteilung mit den Büstenhaltern, verzichtete ich an diesem Tag freiwillig.

Die Sache mit dem Kloster

Manche Tage haben es – wie wir sowieso wissen – mächtig in sich. Man ist uneins mit sich und der Welt. Niemandem kann man es recht machen. Jeder meckert nur herum. Das Wetter ist schlecht, und der Hund verwechselt draußen mit drinnen. Zugenommen hat man auch, aber vielleicht hat die Waage ja ebenfalls nur ihren schlechten Tag. Fazit des Ganzen: Es ist schlicht und ergreifend ein Elend.

An solchen Tagen, an denen ich mit der Umwelt hadere, kommt mir oft spontan der Gedanke: "Wenn ich noch einmal zur Welt komme und dann groß genug bin, um alleine laufen zu können, entschwinde ich sofort ins Kloster." Denn da ist es doch immer garantiert restlos entspannend. Alle schweigen, zumindest meistens, und auf jeden Fall meckert keiner.Zu essen gibt es regelmäßig, für den Unterhalt ist gesorgt. Die Bekleidungsfrage ist sowieso gelöst. Egal, ob man ab- oder zunimmt – die Gewänder sind anpassungsfähig, also schlichtweg ideal und urpraktisch. Und als Dank, dass ich dort so fein untergekommen bin, schrubbe ich ein bisschen die Böden und helfe im Garten.

Doch diesen Gedanken habe ich zu spät entwickelt. In meinem fortgeschrittenen Alter wird mich kein Kloster mehr nehmen. Abgesehen davon, dass es mit dem Bödenschrubben bei mir früher auch schon mal flotter ging. Nun denn, für beide Seiten ist das vermutlich ein Verzicht, der ohne größere Schwierigkeiten verdaubar ist. Aber ich merk's mir für mein nächstes Leben ☺.

Die Sache mit dem letzten Mal

Einmal ist immer das erste Mal, und – logisch - einmal ist immer das letzte Mal. Das erste Mal können wir ja manchmal noch irgendwie steuern, das letzte Mal nicht.

Immer wieder in unserem Leben stellen wir fest, ach ja, wenn ich gewusst hätte, dass dieses und jenes zum letzten Mal war, dann hätte ich es mehr genossen. Oder ich hätte dafür gesorgt, dass es eben nicht das letzte Mal ist.

Das letzte Mal einen bestimmten Ort besuchen, das letzte Mal lieben, das letzte Mal küssen, das letzte Mal schön sein, das letzte Mal glücklich sein, das letzte Mal unbeschwert sein. Ein letztes Mal um jemanden weinen. Immer gibt es ein letztes Mal, und wir wissen es nicht. Wie oft sagen wir: "Beim nächsten Mal mache ich das ganz bestimmt", und dann kommt dieses nächste Mal nicht mehr. Wie traurig, aber manchmal auch wie gut, wenn etwas Schönes - oder halt Unangenehmes - wirklich abgeschlossen ist.

Für mich persönlich ist es am schlimmsten, wenn man nachher erfährt, mit jener/jenem ein letztes Mal gesprochen zu haben. Man hat über belanglose Dinge geplappert, denn schließlich hat man ja alle Zeit der Welt, wichtige oder auch unangenehme Dinge zu einem anderen Zeitpunkt zu besprechen. Bitte nur nicht heute, da hab ich keine Lust und keine Zeit zu. Beim nächsten Mal, da packen wir's bestimmt an. Und dann gibt es dieses nächste Mal plötzlich nicht mehr, und man muss all die ungesagten Worte mit sich herumtragen und vergisst sie manchmal ein Leben lang nicht. Also sollten wir uns möglichst zu jedem Zeitpunkt bewusst sein, das alles, aber auch wirklich alles ein letztes Mal gewesen sein kann. Ich wünsche Ihnen unzählige dieser schönen, klaren Momente.

Die Sache mit dem Alter

Sie nehmen ja langsam überhand, diese Plattformen im Internet. Da tummeln sich zum Kennenlernen Hans und Franz, Herta und Berta und sehr oft auch Kreti und Pleti, also diejenigen, die man wirklich nicht kennenlernen möchte.

Manchmal habe ich jedoch das starke Gefühl, unsichtbar geworden zu sein. Natürlich bin ich da, aber doch irgendwie wieder nicht. Was ich sagen will ist, dass sich Frauen ab einem gewissen Alter für die Außenwelt offensichtlich aufgelöst haben oder nicht mehr stattfinden. Als ob wir Älteren nicht gerade jetzt eine Menge zu bieten hätten z.B. an Erfahrung, Lebensweisheit und Toleranz - also Gaben, mit denen man über manche nervigen Sachen kommentarlos und großzügig hinwegsehen kann. Was das Leben im Besonderen und Allgemeinen sehr viel harmonischer macht.

Das alles zählt aber offenbar nicht, wenn es um diese eine gewisse Zahl geht, nämlich das Geburtsjahr. Aus irgendeinem unerfindlichen Grund werden ältere, vor allem alleinstehende Frauen an den Rand der Gesellschaft gedrängt und werden halt irgendwann überhaupt nicht mehr wahrgenommen. Wenn sie Glück haben, werden sie milde interessiert prüfend beäugt - wie auf dem Pferdemarkt, grad, dass sie nicht noch die Zähne zur Begutachtung blecken müssen. Und speziell kein männliches Wesen möchte freiwillig auf die viel gepriesenen inneren Werte achten, obwohl es hier und anderswo natürlich ständig und ausgiebig erwähnt wird, dass innere Werte viel mehr zählen, Alter und Aussehen wären ja vergänglich und eigentlich nur Nebensache. Ha, kann ich da nur sagen.

Unzählige Herren der Schöpfung lassen sich liebend gern blenden von Fotos, die kurz nach der Konfirmation der jeweiligen Dame entstanden sind. Das trifft genau den männlichen Wunschtraum, noch einmal so etwas Jugendlich-Knuspriges im Arm zu halten. Andererseits verstecken sich auffallend viele Männer hinter Bildern von ihrem Hund, oder sie suchen sich irgendeinen Schönling aus der Schauspielbranche aus, dem sie angeblich total ähnlich sehen bzw. geben sich tatsächlich als denjenigen aus. Letzteres sehe ich persönlich als einen Angriff auf meine Intelligenz. Zeigt ein Mann sein echtes Abbild, dann mag er tiefe Falten und keine Haare mehr auf dem Kopf haben, aber er hat etwas enorm Wichtiges: nämlich eine eigene Persönlichkeit und den Mut und das Selbstbewusstsein, sich so zu zeigen, wie er ist. Davor habe ich alle Hochachtung. Und natürlich auch vor den Damen, die ein Foto ihrem Alter entsprechend einstellen.

Ich denke, wir alle haben es nicht nötig, uns zu

verstellen. Wir sind jemand. Wir haben einen Teil unseres Lebens schon hinter uns, warum wollen wir diesen Teil ungeschehen machen, indem wir das Foto einer/eines Zwanzigjährigen einstellen?

Also nur Mut meine Damen und Herren, zeigt euch! Wir haben allen Grund, stolz darauf zu sein, wie wir sind bzw. aussehen. Denn wir haben gelebte Erfahrung, die weitaus kostbarer ist als jedes glatte Gesicht.

Die Sache mit dem Rasenmähen

Jetzt ist es wieder so weit: Da draußen wächst es wie verrückt. Dieses grüne Zeug, was bei anderen Leuten Rasen heißt. Bei mir sieht es eher aus wie ein verschieden grüner Fleckerl-teppich, u.a. wegen der Hunde. Nichtsdesto-trotz, den Teich habe ich gereinigt und mit fri-schem Wasser gefüllt. Die Vorjahres-Fische hat offensichtlich der Reiher geholt, da würde ich später neue besorgen und reinsetzen. Nun ist erst mal dringend Rasenmähen angesagt.

Hier auf dem Dorf hält man es mit der Mittags-ruhe sehr streng. Also steht alles um drei Uhr parat, und dann geht das Geräusch-Inferno los. Einer hat den Hochdruckreiniger angeschmis-sen - ach Gott, das muss ich ja auch noch ma-chen -, einer sägt mit einer Inbrunst, als wolle er die Kanadischen Holzfällermeisterschaften gewinnen, und ich schmeiße also das Ungeheuer Rasenmäher an.

Was jetzt abläuft wiederholt sich jedes Mal, wenn ich den Korb ausleere. Der Rasenmäher stottert und hustet, läuft schließlich einigermaßen rund, und die Hunde, die vorher gemütlich in der Sonne gelegen haben, zucken mit Lichtgeschwindigkeit in die Höhe. Willy, mein temperamentvoller Dackel, wird von Null auf Hundert fuchsteufelswild und versucht in die Räder zu beißen, Emma, sonst ein friedliebender Golden Retriever, zischt heran wie Luzifer persönlich, schubst Willy weg, weil sie selber in die Räder beißen will, und dann kommt Madame Lotta angedackelt (im wahrsten Sinne des Wortes), um die zwei in die Hinterbacken zu zwicken, weil ihr das Gebelle auf den Geist geht. Mir übrigens auch, also kommt mein Ruhe forderndes Gebrüll als Garnierung oben drauf.

 So ziehe ich meine Bahnen, stelle fest, dass dieses Etwas, was andere Leute Rasen nen-

nen, eigentlich noch vertikutiert werden müsste, wozu ich aber nicht den Schimmer einer klitzekleinen Lust habe. Außerdem ist es mir reichlich egal, ob der Rasen braun, blitzeblau (okay, kommt in den wenigsten Fällen vor), schwefelgelb oder donnergrün ist. Kurz muss er sein, ja, das schon. Bei mir darf sich auch der Löwenzahn ausbreiten. Also gewissenhaft-pingelige Gartenpflege ist das nun wirklich nicht – höchstens ausgeprägte Liebe zum Unkrautschutz. Schließlich sind das auch schöne Pflanzen. Artikel und Bücher zu schreiben finde ich einfach lustiger. Jetzt habe ich erst mal wieder eine Woche Ruhe - und die Nachbarn auch. Schreiben macht glücklicherweise keinen Krach.

Die Sache mit der Sehnsucht

An manchen Tagen springt es einen an, dieses Gefühl, dieses Nagen, wie ein böses Tier, das sich in einem festbeißt, nicht abzuschütteln, nicht zu beschwichtigen ist. Die Sehnsucht.

Sehnsucht, die man zuweilen nicht richtig deuten kann. Vielleicht in ein fernes Land reisen? Einfach Zeit haben für Unwichtiges, seine Zeit nicht mit unnützem Kram verbringen? Sehnsucht nach Einsamkeit, auch das gibt es - und die Sehnsucht nach Zweisamkeit, an eine Schulter, an die man sich anlehnen kann. Sehnsucht, dass die Tür aufgeht, jemand hereinkommt und die Sonne scheinbar aufgeht.

Sehnsucht, einfach mal als das gesehen zu werden, was wir eigentlich sind – Menschen. Nicht Mütter, nicht Berufstätige, nicht Krankenschwester, nicht Tiersitterin, ach da gäbe es vieles mehr. Nein, einfach eine Weile nur ein

Mensch zu sein. Und von jemandem nur als ein solcher wahrgenommen zu werden, weil dieser Jemand gar nichts über einen weiß, sich also selber ein spontanes Bild machen kann.

Gestern schenkte mir jemand für eine Weile das Gefühl, nur ein liebenswerter Mensch zu sein. Schön war das, diese überraschende Begegnung. Auch wenn dieser Augenblick nun vorbei ist und jeder seiner Wege gegangen ist: Die Erinnerung bleibt und lässt mich träumen, und die Sehnsucht hat sich wieder zurückgezogen in ihren Winkel, ihren angestammten Platz in meiner Seele. Sie wird wieder hervorkommen, sie wird wieder nagen, aber bis dahin werde ich etwas aufrechter durchs Leben gehen können.

Ich wünsche Ihnen, dass Sie manchmal auch nur als – kostbarer! - Mensch wahrgenommen werden.

Die Sache mit dem Dackel

Also ich sag's Ihnen: Hunde der Rasse Dackel sind eine besondere Spezies. Immer auf der Suche nach etwas, was man vortrefflich jagen kann. Ein Dackel läuft deshalb meist mit der Nase knapp über dem Boden, was an sich schon sehr witzig aussieht. Auf diese Weise riecht er zwar alles, aber übersieht glücklicherweise größere Tiere wie Rehe oder Wildschweine. Das wiederum hat seinen guten Grund. So verfällt er nämlich nicht auf die wahnwitzige Idee, diesen doch erheblich größeren Tieren nachzujagen bzw. sie gar stellen zu wollen. Denn ein Wildschwein würde sich auf so einen kleinen Dackel kurzerhand draufsetzen und sich dabei schieflachen.

Wenn nun so ein kleines Dackeltier auch noch Julchen heißt, vermittelt das etwas Besonderes. Julchen machte ihrem Namen alle Ehre – sie war wirklich enorm pfiffig. Die ganze Familie war hin und weg, und natürlich durfte Julchen mit in den Urlaub fahren. Ein Wanderurlaub sollte es werden. Die Familie schritt munter dahin, Julchen marschierte, wie erwähnt, Nase am Boden, vorneweg. Ach, muss das interessant gerochen haben! Und was gehört unbedingt zum Wandern? Na klar, die Brotzeit. Also machte die Familie Rast und stärkte sich. Julchen schnupperte derweil herum und hatte offensichtlich plötzlich eine besonders wohlduftende Fährte aufgenommen. Was sie zum direkten Handeln animierte: Sie marschierte entschlossen los, indem sie aus ihrem Halsband schlüpfte, was praktischerweise etwas zu weit war - praktisch natürlich nur für Julchen.

Die Familie fand diese Abenteuerlust überhaupt nicht komisch, nachdem ihr erst nach einer Weile auffiel, dass Julchen weg war, einfach futsch – bis auf ihr Halsband. An Wandern war

nicht mehr zu denken, Julchen suchen war angesagt. Es wurde gerufen, gelockt und Ver-
sprechungen gesäuselt, dass es ein ganz besonderes Leckerli geben würde. Julchen war
entweder schlagartig schwerhörig geworden
oder war sich ihrer einzigartigen Chance bewusst, die größte Jagd ihres bisherigen Lebens
zu veranstalten. Sie blieb verschwunden.
Nachdem keine noch so verführerische stun-
denlange Lockung genützt hatte, war die Familie mit den Nerven am Ende, und man ent-
schloss sich, professionell vorzugehen.
Bei der Polizei gaben wir eine Vermisstenan-
zeige auf und fragten in sämtlichen Tierheimen
der Umgebung – ohne Erfolg - nach. Zusätzlich
verteilten wir Zettel im ganzen Dorf, vor allem
auch in den Gaststätten und deren Küchen.
Und natürlich flossen fast ununterbrochen die
Tränen, Tag und Nacht. Vier Tage tat sich außer großer Trauer nichts …

Der überbordenden Fantasie samt den schlimmsten Vorstellungen waren Tür und Tor geöffnet.

Natürlich waren auch die Nächte dementsprechend schlaflos. In der vierten Nacht plagte Frauchen beim kurzen Wegnicken ein Albtraum, einer von der ganz gemeinen Sorte. Sie hörte ihr Julchen winseln. Das war ja nun wirklich zu viel. Schnell verscheuchte sie den Traum, und als sie endlich ganz wach war, was hörte sie da?

Sie ahnen es schon. Julchen stand vor der Tür des angemieteten Ferienhauses (was sie sich tatsächlich gemerkt hatte - ein absolut kluger Hund!), so als ob sie nur gerade kurz Gassi gewesen wäre. Es ging ihr gut, sie war unverletzt und hatte lediglich einen mächtigen Hunger. In Schallgeschwindigkeit verputzte sie gierig alles, was an Futter habhaft war und fiel dann in einen erschöpften, tiefen Schönheitsschlaf. Den wir uns voller Freude ebenfalls gönnten. Natürlich hat sie uns nicht verraten, wo sie sich herumgetrieben hat. Von dem Tag an beäugten wir akribisch ihren Bauch, ob der sich etwa verdächtig rundete. Tat er aber nicht.

Und endlich, endlich konnte unser Urlaub beginnen - mit Julchen an der Leine und einem engeren Halsband.

Inhaltsverzeichnis

Die Sache mit …

Danksagung

Ein besonderer Dank gebührt meiner lieben Freundin Petra, die nicht müde wird, mich in allen Lebenslagen zu unterstützen.

Eigentlich könnte man ja mal ein Fettnäpfchen auslassen, aber warum denn? Hier finden Sie Kurzgeschichten über die Stolpersteine des Lebens. Witzig und unterhaltsam geschrieben. So mancher wird sich in diesen Geschichten selbst erkennen.

Also lesen Sie und lachen Sie. Viel Spaß!

Karin Kirwa

Die Sache mit der Eitelkeit

Neue kurzweilige Geschichten
aus dem Leben der Karin K.
Im Buchhandel erhältlich
ISBN 978-3-8448-1996-0
Paperback, 132 Seiten, € 8,90

www.bommel-und-mehr.de

Dieses Buch entstand aus einer Idee heraus, die mir meine kleine, aber feine Fangemeinde antrug: nämlich den kleinen und großen Katastrophen des täglichen Lebens ein Buch zu widmen.

Die Sache mit der Heckenschere

Karin Kirwa

Die Sache mit der Heckenschere

Vergnügliche Lektionen

aus dem Leben der Karin K.

Im Buchhandel erhältlich

ISBN 978-3-8391-4465-7

Paperback, 156 Seiten € 9,90

www.bommel-und-mehr.de

Weihnachten steht vor der Tür und Bommel wundert sich, dass er vom Weihnachtsmann nichts hört. Dann läutet das Telefon, und schon überstürzen sich die Ereignisse. Alle Engel sind krank und der Weihnachtsmann hustet auch schon. Was soll nur aus den Geschenken werden? Natürlich möchte Bommel wieder helfen, aber wie? Da hat der Weihnachtsmann eine Idee …

Karin Kirwa

Ohne Bommel geht es nicht

Eine himmlische Weihnachtsgeschichte

Mit zahlreichen Abbildungen!

Im Buchhandel erhältlich

ISBN 978-3-8370-9763-4

Paperback, 156 Seiten, € 12,90

www.bommel-und-mehr.de

…. und wieder ist es soweit, ohne Bommel geht zu Weihnachten scheinbar gar nichts mehr.

Gut, dass er sein Fahrrad hat, auch wenn der Regenbogen etwas steil und die Milchstraße glatt sind …

Aber lest selbst, für mich ist das schon wieder viel zu aufregend!

Karin Kirwa

Bommel, der Retter in der Not

Eine himmlische Weihnachtsgeschichte

Mit zahlreichen Abbildungen!

Im Buchhandel erhältlich

ISBN 978-3-8423-8373-9

Paperback, 112 Seiten, € 8,90

www.bommel-und-mehr.de

Urlaubszeit – Bommelzeit

In diesem Jahr denkt Bommel wirklich, dass es gar nicht mehr schlimmer werden kann. Er wird sich noch wundern. So gefährlich und abenteuerlich war es lange nicht mehr.

Aber lest besser selbst, für mich ist das schon wieder viel zu aufregend …

Bommel besucht das Bärenhaus

Karin Kirwa

Bommel besucht das Bärenhaus

Neue Abenteuer zum Lesen und Vorlesen

Mit Abbildungen!

Im Buchhandel erhältlich

ISBN 978-3-8482-5751-5

Paperback, 68 Seiten € 6,90

www.bommel-und-mehr.de